Weil wir was

Uschi Flacke

zu sagen haben

Mädchen über Liebe, Lust und Launen

Ueberreuter

Die Deutsche Bibliothek –
CIP-Einheitsaufnahme

Flacke, Uschi:
Weil wir was zu sagen haben :
Mädchen über Liebe, Lust und Launen /
Uschi Flacke. – Wien :
Ueberreuter, 1998
ISBN 3-8000-1508-0

JS 0019/1

Umschlag von Kurt Lackner
unter Verwendung eines Fotos
der Mädchengruppe Bad Oeynhausen.

Printed in Austria
7 6 5 4 3 2 1

Inhalt

Wenn Gott ein Mann wäre, wäre er keine Fra

I s o u n v o l l s t ä n d i g .

Luise Rinser,
deutsche
Schriftstellerin

Vorwort

Vor einiger Zeit wälzten wir während eines Mädchenschreibseminars die typischen Schönheits-Aufklärungs-Beratungsbücher, also die einschlägige Fachliteratur. Und mit einem Schlag wurde mir klar, wie viel Erhobene-Zeigefinger-Literatur es doch gibt. Da erklären fachkundige Doktoren und Soziologen, was ein Mädchen wann warum am besten tut oder auch nicht. Als wäre das ganze Leben am Eisprung festzumachen. Neben ein paar ganz hervorragenden Veröffentlichungen reduziert sich das Mädchenbild der heutigen Zeit immer noch auf die drei typischen Ps: Pickel, Pferde, Pubertät. Da kam mir die Idee, die Mädchen doch einfach mal selbst zu fragen. Wie sie die Pubertät erfahren, in welche abgründigen Frustschluchten sie stürzen und wie sie da wieder rauskommen. Wie es mit ihrem Selbstbewusstsein aussieht. Was sie über das Leben denken, die Politik. Was für Ideale sie haben und wie sie sich ihre Zukunft vorstellen. Was sie verändern würden, wenn sie in der Gesellschaft das Sagen hätten. Ich erzählte den Mädchen davon und die waren begeistert. Wer kann da von Zufall reden, dass genau in der Zeit der Verlag Carl Ueberreuter mich anrief und fragte, ob ich nicht ein Mädchenbuch schreiben wolle. Und wie ich wollte. Also los! Aber wie komme ich an die Mädchen ran?, dachte ich mir. Ich entwarf Texte für Zeitungen mit der Bitte, dass Mädchen sich bei mir zwecks Interview melden sollten. Und was passierte? Nichts. Noch nicht einmal der winzigste Anruf kam. Also weiter. Da ich Kontakt zu vielen Mädchengruppen habe, verschickte ich Briefe. Doch niemand meldete sich. Allmählich begriff ich, dass dieses Projekt nur dann erfolgreich sein würde, wenn ein persönlicher Kontakt aufgebaut wird. Denn es geht hier ja um ganz intime Fragen. Das eigene Seelenleben soll ja in einem Buch zur Schau gestellt werden. Da gibt es jede Menge Ängste, wahrscheinlich auch Scham und Verletztheiten, über bestimmte Themen zu reden. Ich sprach also Mädchen persönlich an. Und da war ich wieder überrascht, wie offen sie waren, über ihre

Fehler zu reden, ihre Schwierigkeiten und Widersprüchlichkeiten. Nach Lesungen in Schulen oder in Mädchengruppen fragte ich, was für Themen für so ein Buch wichtig wären. Ob sich Mädchen für ein Interview zur Verfügung stellen würden. So sammelte ich Adressen aus ganz Deutschland, fuhr zu den Mädchen und stellte meinen Kassettenrecorder ein. Ich tippte die Berichte ab, ordnete sie für das Buch, kürzte, sortierte, stellte um, schrieb Zwischenüberschriften und warf alles wieder über den Haufen. Gleichzeitig fragte ich in Mädchengruppen, ob sie nicht Lust hätten, sich selbst zu fotografieren. Und nach und nach trudelten Berge von Mädchenfotos ein. Leider kann nur ein kleiner Teil davon abgedruckt werden. Wir diskutierten in Seminaren, Workshops, so auch während des Hessischen Autorentages. Und schließlich hatte ich unglaubliches Material. Da wurde über Gewalt gesprochen, über den Tod, über Solidarität und Liebe. Da gab es so viel an Sensibilität und auch an Power, an schonungsloser Ehrlichkeit und an Visionen, wie man sich die Zukunft vorstellt. Schlussendlich war das Manuskript vierzig Seiten zu lang und bei jeder Kürzung dachte ich an die Mädchen, wie wir zusammengesessen haben, manchmal in zugigen Hinterräumen irgendwelcher Cafés oder zu Hause bei Keksen und Kerzenschein, wie wir gelacht haben oder auch sehr betroffen waren. Jedenfalls möchte ich euch danken, Marie, Kathi und Sandra, Nadine, Sabine, Katharina, Jennifer, Kristina, Sylvie und Anika, Elke, Claudia, Margret, Ulrike, Vera und Isa, Gitte, Johanna, Thea, Maria, Elke, Karin, Stefanie, Melanie, Helen, Gabriele, Lisa, Olivia, Kerstin, Sabrina, Nadja, Lena, Maria und Maria, Julia und allen Mädchen vor und hinter dem Fotoapparat. Die Mädchen auf den Fotos sind nicht mit den interviewten Mädchen identisch. Danke auch an Antje und Alex aus dem Fotolabor des Jugendtreffs E-Werk Bad Homburg. Danke für euer Vertrauen, denn ohne euch wäre dieses Buch nicht möglich geworden.

Uschi Flacke

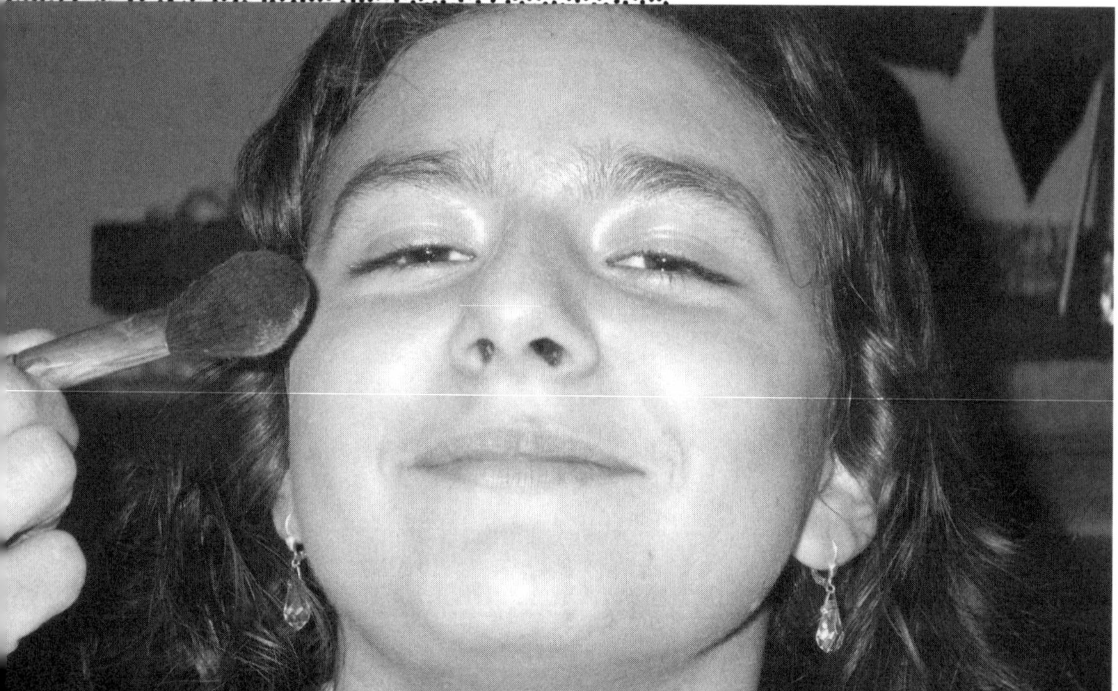

Jede ist doch so 'n bisschen schön

Marie, 12 Jede ist doch so 'n bisschen schön, finde ich. Also, ich finde mich auch irgendwo schön, wenn ich manchmal vor dem Spiegel stehe. Aber dann denke ich, die anderen sind doch alle viel schöner als ich und haben viel schönere Haare.

Kathi, 12 Ich find mich überhaupt nicht schön. Ich weiß nicht, manchmal finde ich mich halt ein bisschen zu fett. Die Hosen passen nicht so richtig und dann habe ich mir auch mal so ein enges Kleid gekauft, aber da sieht man so meinen Bauch. Ich kann halt keine engen Sachen anziehen oder bauchlose T-Shirts oder Bikinis. Ich würde mal gerne Bikinis anziehen, aber das kann ich nicht wegen meiner Figur. Und dann bin ich eine Zeit lang mit meinen Haaren nicht klargekommen. Ich stand vor dem Spiegel und dachte mir, ich schneide sie am besten gleich ab. Aber nach dem Duschen, wenn die Haare dann so schön glänzen, fand ich sie doch toll. Sie sind im Moment mein größter Stolz, ich versuche sie auch ganz lang wachsen zu lassen, aber ich krieg das nicht so hin. Die wachsen in einem Jahr grad mal 'nen Millimeter. Aber die anderen sagen immer: „Ooh, deine Haare wachsen so toll, ich hätte auch liebend gern so lange Haare." Aber mir kommt es gar nicht so vor, wahrscheinlich, weil ich sie jeden Tag sehe. Jetzt geht's auch wieder. Es gibt Tage, wo ich selbst mit mir zufrieden bin und dann finde ich mich auch ein kleines bisschen schön.

Sandra, 12 Also, wenn ich morgens aufstehe und in den Spiegel gucke, dann finde ich mich manchmal ganz hässlich, weil dann meine Haare immer so abstehen. Aber sonst fühl ich mich in mir wohl.

> Make-up ist die Kunst, sich selber zu plakatieren.
>
> Olga Tschechowa (1897–1980), deutsche Schauspielerin

Nadine, 16 Ich wollte gar nicht so aussehen, wie ich aussehe. Ich fand mich einfach zu hübsch. Jeder Typ gaffte mir nach, pfiff hinter mir her. Ich kam mir vor wie ein Hausdackel. So 'n Schoßhündchen, das bei Bedarf rangepfiffen wird. Ich hätte oft in den Boden versinken mögen. Die Typen können sich gar nicht vorstellen, wie einen das nervt. Mich jedenfalls. 'ne richtige Freundin hatte ich auch nicht.

Männer beurteilen Schönheit im Schnelldurchlauf

Mannheim (dpa). Geht es um das Aussehen von Frauen, sind Männer meist fix bei der Sache. Eine neue Studie der Uni Mannheim offenbart: Nicht einmal zwei Sekunden verharrt der Mannesblick im Durchschnitt auf jedem Körperteil, um sich ein Bild zu machen. Für Frauen sei dagegen das Äußere von Männern nur ein vager Hinweis auf die Attraktivität und nicht der wichtigste.

Usinger Anzeiger, 15. 4. 1998

Jede glaubte gleich, ich wollte ihr den Typen ausspannen. Viele waren auch neidisch auf mich, haben mich geärgert. Jedenfalls habe ich kapiert, dass es für so 'n paar Mädchen das Wichtigste auf der Welt ist, wie sie bei den Typen ankommen. Ich war ziemlich allein. Ich zog dann extra hässliche Sachen an, setzte sogar eine alte Brille mit Fensterglas auf. Ich wollte, dass man MICH mochte und nicht mein Barbie-Face. Heute bin ich 16 und einigermaßen normal geworden. Heute bin ich, wie ich bin. Ich ziehe das an, was mir Spaß macht, und schminke mich, wie ich will. Wenn die Typen mich blöde anbaggern, lass ich manchmal 'nen Spruch ab oder denk mir meinen Teil. Natürlich finde ich das auch irgendwie gut, wenn man beachtet wird, aber alles hat seine Grenzen. Ich kann mir richtig vorstellen, wie einige Promis das nervt, wenn ständig irgendwelche Fotografen hinter denen her sind. Ich meine, klar, bei mir ist das natürlich längst nicht so. Aber selbst das bisschen nervt mich schon. Und der Neid. Viele Mädchen sind unheimlich neidisch auf mich. Und tratschen hinter meinem Rücken. Aber heute sag ich mir, getratscht wird sowieso, da kannst du dich auch gleich so verhalten, wie du bist. Mit meinen Freundinnen kann ich mich herrlich amüsieren. Auch ohne Typen, die können das gar nicht so richtig verstehen, dass es auch sehr gut ohne „männliche Begleitung" geht. Da sagten doch neulich welche, wir wären richtige Frusttanten. Nur weil wir die haben abblitzen lassen. Wir haben uns halb schäbbelich gelacht. Die können das einfach nicht ertragen, dass wir auch alleine etwas unternehmen können und uns dabei total wohl fühlen. Klar, 'nen Freund hab ich auch. Der ist – wie wir das so sagen – noch ganz frisch. Den muss ich erst noch etwas abchecken. Gegenüber Typen bin ich schon skeptisch, wenn sie gleich sagen: „Ich liebe dich!" Tun sie das nur, weil sie mit mir mal schnell hopplahopp aufs Sofa wollen? Die glauben, die Mädchen

»Tausche bildhübsches Brautkleid geg

Norddeutsche Rundschau

sind blöd und merken das nicht. Ich meine, wenn die Typen versuchen, die Mädels mit romantischen Gefühlen und so um den Finger zu wickeln, nur um sie ins Bett zu kriegen. Stimmt schon, es gibt Mädchen, die da total drauf abfahren und ihn an sich ran lassen. Und merken gar nicht, dass das mit der Gefühlsmasche nur ein Trick war, um sie aufzureißen. Und dann ist das Geheule groß.

Sabine, 14 Ich finde mich mittelmäßig. Aber das ist mir eigentlich ganz recht. Ich bin sowieso mehr zurückhaltend und mag gar nicht so auffallen.
Ich beobachte viel. Und da denke ich mir manchmal, was viele doch so ein Theater mit dem ganzen Schickimicki-Zeugs machen. Ich meine, Klamotten und Schminke, und was Mode ist und was nicht. Nächstes Jahr ist doch sowieso wieder alles anders.

Katharina, 11 Ich kann es einfach nicht ändern, aber ich finde mich total hässlich.
Guck dir nur mal an, was ich für dicke Oberschenkel bekommen habe. Mein ganzer Körper wird anders, das ist alles so neu. Ich will aber meinen alten Körper behalten. Ich will auch nicht so einen dicken Busen, der wächst mir viel zu schnell. Guck dir nur mal an,

Iss nie mehr, als du tragen kannst.

Miss Piggy

tole!«

wie dick der ist. Und wenn dann sich auch erwachsene Männer nach mir umgucken und mich angrinsen, könnte ich laut schreien. Die Jungens in der Klasse machen mich damit total fertig.
Die können sich gar nicht vorstellen, wie das ist, wenn man immer angeglotzt wird. Und dann wollen die sich auch noch gegenseitig aufspielen und machen mich an: „Eh, Katrin, du hast vorne schon ganz schön was auf den Kasten!" Dann pfeifen sie auch noch anerkennend. Als hätte ich eine tolle Leistung vollbracht. Die sind so blöd. Als wär so 'ne Brust nur zu ihrem Vergnügen da. Ich ziehe ganz weite Klamotten an, und meine Eltern sagen immer: „Geh nicht so krumm!" Die wissen gar nicht, warum ich das mache. Und dann die Periode. Wenn ich mir vorstelle, dass ich schon Kinder kriegen könnte, wird es mir richtig übel. Warum hat die Natur denn das bloß so eingerichtet? Ich hätte doch ruhig noch ein paar Jahre mit diesem ganzen Kram warten können. Abends verkriech ich mich mit meinem Kuscheltier ganz tief unter meine Decke und denke, dass jetzt für immer alles anders ist.

Jennifer, 14 Also, manchmal habe ich totale Lust, mich zu verändern. Mal schmier ich mir Gel ins Haar oder auch 'ne völlig andere Farbe. Blond hatte ich auch mal, da sah ich vielleicht aus! Das war ein Reinfall! Total nuttig. Und dann hatte ich sie auch noch gefärbt! Ich hätte heulen können. Das Tollste aber war Folgendes: Als ich beim Frisör diese komische Haube aufhatte, fing mein Kopf plötzlich an, heiß zu werden. Echt. Das war Tatsache so. Und jetzt stell dir mal vor, was da los war: Ich reite viel, und es gibt irgendwo einen Stoff von den Pferden, der sich nicht mit dem Blondierungsmittel verträgt! Irgendwas mit Stickstoff. Da fing mein Haar an zu qualmen. Mir hätten die Haare ausfallen können.
Nun war ich also blond! Und ich fand es furchtbar. Ich kam schon verheult nach Hause. Meine Mutter guckte an die Decke und seufzte tief. Na ja, die ist schon einiges von mir gewohnt. Aber die hält immer zu mir, das finde ich super. Die sagt, ich soll alles Mögliche ausprobieren, damit ich meinen Stil selber finde. Sie fand das Blond auch nicht gerade spitzenmäßig, aber sie hat mich getröstet, dass wir am nächsten Tag zusammen zum Frisör gehen wollten, um zu sehen, was sich machen lässt. Morgen, dachte ich mir! Morgen Nachmittag! Dazwischen liegt der Vormittag und da habe ich Schule!
Wenn man neu gestylt in die Klasse kommt, ist das schon ein hartes Ding. Die Jungens fangen an zu pfeifen und die Mädchen kichern oder machen dumme Bemerkungen. Ich hatte völlig Angst, in die Klasse zu gehen. Ich stand also vor der Klassenzimmertür und wartete, bis hinten im Gang der Lehrer auftauchte. Ich atmete noch ein-

mal schwer durch und dann rein. Die haben mich alle angestarrt, als käme ich vom Mars. Gott sei Dank kam gleich der Klassenlehrer hinterher, der guckte mich auch mit heruntergefallenem Unterkiefer und Stilaugen an. Aber immerhin ging der Unterricht gleich los und die anderen hatten Zeit, sich an meinen neuen Anblick zu gewöhnen. Das war mir vielleicht peinlich.
Ich hätte sonst wohin versinken mögen. Wie die mich dann so von der Seite angeschielt haben. Aber in der Pause haben sie dann gar nicht mehr gelacht. Einige fanden das sogar ganz cool. Mal was Neues. Echt mutig!
Haare färben, das mach ich jedenfalls nie wieder! Ich teste jetzt alles Mögliche aus mit Haartönungsmittel, dann kommen Strähnen rein, neue Farben und so weiter. Find ich auch ganz toll, wenn ich danach in den Spiegel gucke und sage: Aha, so siehst du also diesmal aus. Ich freu mich dann auch, was ich so alles aus mir machen kann. Und wenn es mir nicht gefällt, dann kann ich es ja auch wieder rauswaschen. Aber färben – nie mehr.

Ob es besser wird, wenn es anders wird, kann ich nicht sagen. Aber es muss anders werden, wenn es besser werden soll.

Operieren? Ich bin doch kein Zombie

Kristina, 15 Operieren lassen würde ich mich nie! Ich meine, zwecks Schönheit. Mann, sind die Weiber bescheuert. Das ist doch alles Geschmacksache, das mit der Schönheit. Nur weil irgend so ein Schönheitsdesigner sagt: Das ist jetzt schön, schon sollen alle gleich aussehen. Nee. Ich bin doch kein Zombie. Okay, wenn man einen Unfall gehabt hätte und wär total entstellt, oder wenn man irgendwas Defektes an sich hätte, dass die anderen einen nur noch anglotzen würden. Das könnte ich verstehen, dass die sich unters Messer legen. Aber sonst. Also, meine Nase ist ja auch nicht grad die kleinste, aber beim Küssen hat sie noch nie gestört. Ich wär mal gespannt, wenn einer sagt, grüne Nasen sind modern, ob dann alle grün rumlaufen würden. Wenn ich so 'nen Claudia-Schiffer-Schmollmund hätte, das würde überhaupt nicht zu meinem Typ passen. Ich bin keine Schmollfrau. Ich finde mich eigentlich so ganz in Ordnung. Ich kenne meine guten Seiten und auch die Schwächen. Na und? Wer das nicht will, kann ja gehen.
Früher dachte ich immer: „Ach du liebe Güte, diese Nase! Wenn nur nicht diese Nase wäre! So ein Zinken! Wie kann man nur so einen Zinken haben!" Heute weiß ich, ICH habe mich schlecht gefühlt, nicht meine Nase. Und ICH habe alles auf die Nase geschoben. Seit-

dem ich das weiß, will ich meine Nase so behalten, wie sie ist. Sie kann ja nichts dafür, wenn's in mir rund geht. Aber ist doch sowieso alles Quatsch. Als wär das das Leben!
Was ich im Moment auch total schön finde, das ist Bodypainting, so Körperbemalung. Und da gibt's ja jetzt 'ne echt coole Alternative zum Tätowieren. Da kannst du dir die tollsten Muster mit Farbe auf sämtliche Körperteile malen lassen. Also, das ist wohl so 'n Hennagemisch. Und das hält dann etwa drei Wochen. Und dann kannst du dir ein neues Muster aussuchen oder dir die Pobacken mit Rosenornamenten dekorieren lassen. Stark, was?

Nadine, 16 Ich habe mal gelesen, dass die in den USA sich unheimlich früh schon operieren lassen. Da kriegen Mädchen doch tatsächlich zum Abitur ein Busenlifting geschenkt oder eine Nasenkorrektur. Den Eltern sollte man mal neue Köpfe schenken. Kann man Köpfe eigentlich schon amputieren lassen? Mit den Gedanken? Wär doch 'ne Idee. Vielleicht gibt es ja bald auch nur noch Retorten-Babys, die ganze Welt voller kleiner Claudia Schiffers. Und wenn die dann alle schnieke und edel aussehen würden, vielleicht würde es dann wieder modern, eine leicht gehöckerte Nase zu haben. Oder sonst irgendetwas. Einfach um anders auszusehen.

Elke, 12 Ich weiß gar nicht, was Jungens an Mädchen schön finden. Ich glaube, die mögen keine Zicken, sondern Mädchen, die irgendwo auch in Ordnung sind.

Claudia, 11 Zicken sind Mädchen, die bei jedem Scheiß heulen und so spitze Bemerkungen machen.

Margret, 10 Zicken sind einfach doof. Die machen sich nicht dreckig und petzen.

„Geheimnis Unterleib – Der Schlüssel zu Glück, Schönheit und Gesundheit der Frau."

Werbetext der Illustrierten „Bild der Frau"

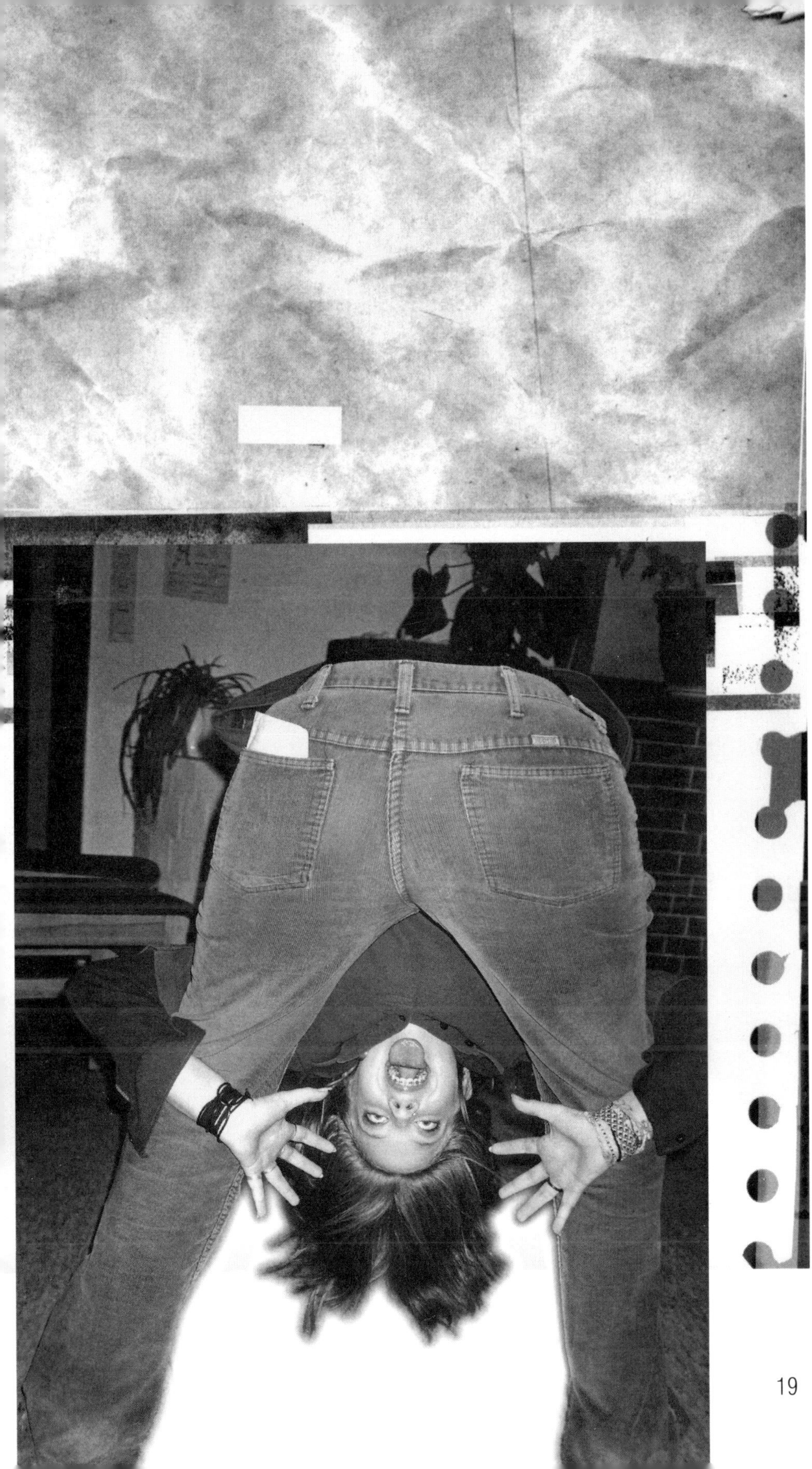

Vera und Isa

Der Druck in der Clique ...

Vera, 13 Schön ist für mich, wenn jemand natürlich ist. Schminken gehört nicht unbedingt dazu. Schön ist einfach Ausstrahlung. Bei mir finde ich meine Augen schön, die hellblauen Augen und die langen Haare. Wenn die fettig sind, kann ich mich nicht leiden. Aber wenn ich sie wieder wasche, geht's mir auch wieder gut. Wenn jemand schön aussieht, dann sieht er ja vielleicht einfach nur cool aus. Aber wenn er Ausstrahlung hat, dann muss der auch voll in Ordnung sein. Das hat dann was mit der ganzen Persönlichkeit zu tun.

Wir fordern Jungens und keine Ersatzteile!

Richtiges Selbstvertrauen habe ich aber erst gekriegt, als ich aus der R.-Clique ausgestiegen bin. Als die uns so richtig fertig gemacht haben. Zuerst habe ich immer geheult, aber dann ging das auch wieder. Also, ich bin da ausgestiegen, weil die alle angefangen haben zu rauchen, Drogen zu nehmen, alte Leute anzumachen und so. Kinder vom Spielplatz vertreiben und so was. Immer cool sein, Markensachen tragen, Leute anpöbeln. Die rauchen halt Joints, nehmen Haschisch, halt so Einstiegsdrogen.

Isa, 12 Ja, immer cool sein, bloß keine Gefühle zeigen.

Vera, 13 Aber die fühlen sich auch nur cool, wenn andere hinter denen herlaufen und die anhimmeln.

Isa, 12 Stimmt. Und sonst ziehen sie den Schwanz ein.

Vera, 13 Ja, und aus der Clique bin ich halt raus und mein Glück war, dass ich zu Anna in die Clique kam. Die haben mir echt geholfen. Da hab ich erst einmal gesehen, was ich früher für eine Scheiße gebaut habe. Da war ich echt froh, dass ich da raus bin. Aber diese Clique ist gut. Manchmal habe ich so das Gefühl, keiner mag mich, und dann bin ich echt froh, dass die Clique mich anerkennt. Wenn ich mich blöd fühle und die anderen sagen, das stimmt doch gar nicht, dann geht das auch wieder.

Isa, 12 Ja, so ungefähr ist das.

Vera, 13 Früher in der Clique war es ja so, dass viele eigentlich nur das getan haben, was die Clique wollte. Was sie selber aber überhaupt nicht wollen. Die möchten halt bei den anderen ankommen. Und dann finden die das auch gut, was die anderen tun. Also, der Druck in der Clique war schon sehr stark. Aber heute ist das nicht mehr so.
Toll finde ich mich, wenn ich mein Selbstvertrauen auch zeigen kann. Zum Beispiel in der alten Clique, wenn die zum x-ten Mal gesagt haben: „Komm, hier, rauch doch eine, das geht doch, komm, zieh mal", und wenn ich dann einfach sage: „Nee, ich will nicht." In Wirklichkeit will ich das ja auch gar nicht. Ich habe noch nicht geraucht, auch nicht mal probiert. Darauf bin ich auch stolz. Meine Mutter sagt immer, es ist viel schwerer „Nein" als „Ja" zu sagen. Das war ja auch der Punkt, da haben alle gesagt: „Komm, fang an, ist doch nicht so schlimm, du kannst ja immer wieder aufhören." Ich hab da nur gesagt: „Nee, vergiss es."
Da bin ich total stolz drauf.

Männern und Straßenbahnen solltest du nicht nachlaufen; es kommen schon wieder neue.

Isa, 12 Die haben da auch so eine Art Rangordnung. Wer cool ist, der hat Markensachen und so. Und der raucht halt auch. Ich habe zwar auch ein paar Markensachen, aber nicht um cool zu wirken. Das ist schon was anderes. Ich geb damit nicht an. Aber manchmal will ich überhaupt keine Markensachen anziehen. Die sind doch sauteuer, wenn du mal im Dreck spielen willst.

Vera, 13 Aber das können die meisten gar nicht mehr in unserem Alter. Die hängen auf dem Spielplatz rum, fahren Inliner. So richtig mal Fußball spielen, das können die gar nicht mehr. Die machen halt die Leute auf dem Spielplatz an. „He, Alte, hast du mal 'ne Zigarette", und so. Und die Kinder werden beschimpft. Und wenn sich jemand wehrt, sagen die gleich: „Willst du ein paar auf die Fresse?"

Isa, 12 Im Schwimmbad sind die im Sommer fast jeden Tag. Dann hauen die die Leute an: „He, hast du mal 'ne Mark?"
Oder die betteln nach Zigaretten.

Das geht halt jetzt los, mit den Hormonen

Vera, 13 Was ich an mir nicht mag? Ich hasse es, wenn mein Bauch so dick wird. Ich hab sowieso 'n Hohlkreuz. Dann kommt alles irgendwie so nach vorne. Ich fühl mich dann so dick, obwohl ich teilweise Untergewicht habe. Die Anna hat für mich die Idealfigur.

Isa, 12 Nee, stimmt gar nicht. Ich fühl mich zu dick. So drei Kilo weniger, das wär's. Zum Beispiel die Oberschenkel, die könnten schlanker sein. Aber ich bin sehr sportlich, das sind Muskeln, da ist nichts zu machen. Aber am Po und am Bauch!

Vera, 13 Na, das geht halt jetzt los, mit den Hormonen und so. Da stellt sich der Körper um.

Isa, 12 Meine Periode habe ich noch nicht. Und bei anderen merke ich das auch, dass die sich körperlich verändern, weil die immer so Schlabberpullis und Schlabberhosen anhaben.

Vera, 13 Ich weiß ja, dass mein Körper noch wächst, Busenwachstum und so was. Aber das hält sich noch in Grenzen. Die Anna hat da schon viel mehr, obwohl sie jünger ist.

Isa, 12 Du hast ja auch andere Hormone als ich. Außerdem ist das doch auch egal.

Vera, 13 Aber bei dir fing das später an als bei mir, und jetzt hast du mich schon überholt. Ich war damals ganz stolz, ich hatte schon so bisschen Wölbungen und Isa war noch total flach. Da war ich echt stolz. Ich fand das auch schön, Busen zu kriegen, aber jetzt bin ich manchmal total neidisch auf sie.

Isa, 12 Als ich noch gar nichts hatte, wollte ich ihn. Aber jetzt, wo ich ihn habe, will ich ihn gar nicht mehr. Es wär schon gut, wenn da so 'n Wachstumsstopp wäre.

Vera, 13 Ach, du gewöhnst dich auch noch dran.

Isa, 12 Das ist mir halt so unangenehm, dass das alles so wabbelt. Die Jungens wollen auch immer grabschen.

Jede Liebesbeziehung besteht aus Geben und Nehmen. Du gibst – er nimmt.

Vera, 13 Die kommen an und wollen dich obenrum betatschen. Dann kriegen die von uns eine gescheuert. Wir laufen dann immer so rum, dass wir unsere Arme über dem Oberkörper verschränken.

Isa, 12 Die kommen von vorne an, und dann kriegen sie eben eine geklebt. Das machen aber nicht alle Jungens, nur die, die uns ärgern wollen.

Vera, 13 Ich hatte mal furchtbar Angst vor der Periode, da habe ich den ganzen Abend geheult. Ich hatte Bauchschmerzen und Kopfschmerzen und dachte, jetzt geht es los. Meine Mutter war nämlich mit mir beim Frauenarzt gewesen und der hat gesagt, ja, wenn der Ausfluss ganz flüssig wird, dann kommt das bald. Aber das war bei mir schon länger und immer wenn ich Bauchweh gekriegt habe, hatte ich total Schiss. In der „Bravo" steht das ja auch, wenn man Bauchweh und Kopfweh bekommt, dann geht's los. Und da waren wir auf Klassenfahrt. Ich hatte wahnsinnig Angst, weil ich weg von zu Hause war und ja auch nichts dabei hatte. Ich hatte unheimlich geheult. Aber dann kam Frau Müller und hat über ihre Erfahrungen geredet. Die macht das eigentlich immer so. Wenn man Probleme hat, ist die immer ganz offen und redet von ihren Erfahrungen. Das hat mir auch geholfen. Und dann kamen die anderen und wollten mich trösten. Die hatten so 'n Diddle-Baby und haben mir das gezeigt. Das fand ich dann wieder voll witzig. Und dann kam auch die N. Erst hatte ich ja so geweint, aber dann kam sie und nahm mich in den Arm:

„Das ist doch nicht so schlimm, ich habe auch schon seit einem Jahr meine Periode", und hat mir alles erzählt. Dann denke ich mir natürlich, wenn's kommt, dann kommt's. Aber bloß nicht in der Schule. Am liebsten hätte ich das wie meine Mutter. Mit fünfzehn hat sie erst ihre Periode bekommen, und dann war das auch gleich ganz regelmäßig.

Isa, 12 Ich finde das dann auch ganz doof, dass man im Sommer nicht schwimmen gehen kann. Es gibt ja auch Tampons. Ich weiß nicht, ob ich das eklig finden soll. Wir haben mal bei einer Freundin übernachtet, die hat auch 'ne größere Schwester und meine Freundin hat auch schon ihre Periode.

Vera, 13 Ja, und die hat uns gezeigt, wie so 'n Minitampon aufquillt.

Isa, 12 Das fand ich so eklig. Aber die ältere Schwester meiner Freundin geht ins Geschäft und bringt ihr die Tampons mit, weil meiner Freundin das total peinlich ist. Das würde mir auch peinlich sein.

Vera, 13 Aber zuerst werde ich auf jeden Fall Binden nehmen, und dann seh ich weiter.

Isa, 12 Ja, ich auch. Auf jeden Fall. Muss ja eklig sein, wenn mal aus dem Badeanzug so 'n Faden rausguckt.

Vera, 13 Da muss man halt aufpassen.

§ Die Frau – das **„fötale Umfeld"**.

Aus dem Entwurf zum Embryonenschutzgesetz

Isa, 12 Ich hab da auch Angst, dass der Faden so ganz reinrutschen könnte. Aber da hat mich meine Mutter beruhigt: „Dann gehst du halt zum Frauenarzt."

Vera, 13 Ich hatte auch Angst, dass der Faden abgeht. Aber meine Mutter hat mir das dann gezeigt. Sie hat richtig dran gerupft, aber da ist nur ein bisschen Watte abgegangen.
Beim Frauenarzt war ich selbst noch nicht, ich war nur mal bei meiner Mutter mit, aber das war schon gut. Da konnte ich mir angucken, wie das alles abläuft, wie man sich hinlegt und die Beine auf diese Schienen legen muss. Ich fand das total eklig, wie die da so 'n Ding eingeführt haben, damit die besser gucken können. Aber meine Mutter meint, dass die das nur bei älteren Frauen machen, die wohl schon etwas ausgeleiert sind. Bei jungen Mädchen machen die

das nur von außen, mit Ultraschall. Mit meiner Mutter kann ich auch gut über solche Sachen reden. Obwohl ich schon so 'n Papakind bin, geh ich mit so was lieber zu meiner Mutter. Zu ihr kann ich eigentlich immer kommen. Ich bin da auch ganz offen mit ihr, wenn sie mich fragt, dann antworte ich schon. Aber es gibt sicher auch Sachen, wo ich dann auch eher eine Freundin frage.

Isa, 12 Also, ich habe kein Geheimnis vor meiner Mutter, aber manche Dinge bespreche ich halt lieber mit einer Freundin. Einfach, weil die gleich alt ist und das deswegen besser versteht.

Vera, 13 Und dann kann man auch bei Freundinnen erfahren, was die so für Erfahrungen haben. Einmal sind wir am Abend durch die Gegend spaziert, haben rumgeträumt, von Jungen und so geredet, und da war ich ganz traurig, dass die Anna nach Hause musste. So was geht halt mit Eltern nicht.

Mein Vater wohnt nicht mehr bei uns

Vera, 13 Mein Vater ist in letzter Zeit oft weg, Kuren und Lehrgang und so. Ich hab schon über zwei Monate gar nicht so richtig mit meinem Papa geredet. Früher war das noch eher so, da kam er abends immer zu mir ans Bett, und wir haben über alles Mögliche geredet. Meine Mutter war manchmal richtig sauer, dass er so lange bei mir blieb. Da habe ich noch mehr mit meinem Vater geredet, aber jetzt rede ich viel mehr mit meiner Mutter.

Isa, 12 Mein Vater wohnt ja nicht mehr bei uns. Den seh ich nur in den Ferien oder am Wochenende. Ich bin am 3. Oktober zur Klassenfahrt gefahren, ich wusste, dass mein Vater auszieht, und als ich zurückkam, da war er weg.

Vera, 13 Die Anna hat sich seitdem total verändert. Früher war die immer so lustig. Und das erste halbe Jahr nach dieser Trennung habe ich mir echt überlegt, ob ich überhaupt noch mit ihr reden kann. Ich habe auch oft mit meiner Mutter geredet und der was vorgejammert. Aber sie hat gemeint, die Anna hätte es doch jetzt unheimlich schwer und ich müsste zu ihr halten, sonst fällt sie noch ganz runter. Und dann habe ich mich auch zusammengerissen. Aber trotzdem haben wir uns oft verkracht, bestimmt einmal die Woche haben wir uns nicht mehr angeguckt, obwohl wir da auch drunter gelitten haben.

Isa, 12 Ich verstehe schon, dass meine Eltern sich getrennt haben. Mein Vater kommt ja manchmal und holt mich ab oder er besucht uns, so zwei Stunden oder drei. Und dann höre ich schon, dass die sich wieder krachen. Wenn ich mir vorstelle, dass ich mir das jeden Tag anhören müsste, finde ich es schon besser, dass mein Vater woanders wohnt. Ich habe ja auch seine Telefonnummer, da kann ich immer anrufen. Ich könnte eigentlich immer zu ihm kommen, wenn ich will. Wenn die sich nicht streiten würden, fände ich es natürlich viel besser, wenn die wieder zusammen wären. Aber irgendwie habe ich mich auch schon an diesen Zustand gewöhnt. Wenn ich merke, dass irgendetwas nicht so klappt, wie ich will, dann höre ich Musik. Manchmal liege ich auch abends im Bett und weine.

Liebling - dein Essen steht im Kochbuch.

Einfach, weil ich total traurig bin. Ich weiß gar nicht, warum. Besser geht es mir hinterher schon, aber ich weiß manchmal nicht, warum ich weine.

Vera, 13 Ist doch auch egal. Jedenfalls kommt die Trauer raus. Das ist doch wichtig. Die meisten sagen: „Ach, hör auf zu heulen", aber wenn ich sage, jetzt heul ich alles raus und höre ruhige Musik, dann ist es nach einer Zeit vorbei. Es kommt nichts mehr. Früher habe ich viel mehr runtergeschluckt. Aber ich habe irgendwie gelernt, vieles auch rauszulassen. Mein Opa hat mal aus Frust seinen Stuhl kaputtgehauen.
Mein Idealfreund soll schon Gefühle zeigen. Hier gibt es auch welche, die sind nach außen unheimlich cool, aber sonst ganz lieb.

Heiraten will ich irgendwann schon ...

Vera, 13 Mein erster Kuss war folgendermaßen: M. und ich! Wir hatten beide noch keinen Zungenkuss – und die anderen sagten: „Los, macht mal", ich fand das dann ganz komisch.

Isa, 12 Der erste Zungenkuss war für mich total eklig. Aber dann ging es eigentlich.

Vera, 13 Jedenfalls haben wir uns zuerst beide nicht getraut. Das war ja auch nicht mein Freund.

Die Liebe kann
sich niederlassen
auf die Anmut einer
Nackenlinie und die
Kraft einer Schulter,
aber sie lebt aus der
Güte des Herzens

Margret Gottlieb

Vielleicht möchte ich heiraten. Wenn ich heirate, soll sie kochen können, nett sein, zu mir halten, nicht fremdgehen und die Wohnung in Ordnung halten.

Aus dem Aufsatz eines 13-jährigen Schülers
zum Thema „Wie stell ich mir die Zukunft vor"

Isa, 12 Das hat dann jeder mit jedem gemacht. Küsschen da und Küsschen da. Das war auf der Klassenfahrt, wir waren abends bei den Jungens. Wir haben dann immer den Kopf aus der Tür gestreckt: „Hilfe, Lehrer!" Und dann sind wir schnell wieder in unser Zimmer gerannt.

» Küsse sind das, was von der Sprache des Paradieses übrig geblieben ist. «

Vera, 13 Mein erster richtiger Kuss, das war mit dem J. Wir haben uns zwar total geliebt, aber mehr wollte ich halt noch nicht. Und er hat es dann auch voll respektiert. Wir waren ja auch nur vier Tage zusammen. Aber es waren vier tolle Tage. Ich habe es nicht bereut. Das ist dann wieder auseinander gegangen, weil es in der Clique mit Drogen und so anfing. Die sagten mir: „Ja, zieh mal." Aber ich bin da raus und er ist halt dringeblieben. Mehr ist aber sonst überhaupt noch nicht gewesen. Vielleicht habe ich Angst davor, oder ich finde es auch eklig. Kann ja sein, dass ich das später gut finde. Aber jetzt nicht.

Isa, 12 Ich habe mit meinem Freund zwar rumgeknutscht. Der war auch immer für mich da, und ich konnte immer zu ihm gehen, aber mehr ist da nicht drin. Mehr will ich nicht.

Vera, 13 Wenn ich erwachsen bin, dann möchte ich Architektur studieren.
Mathematik macht mir sehr viel Spaß. Ich bin zwar nicht die Beste, aber es macht mir Spaß. Und zeichnen tu ich auch unheimlich gern. Architektur ist ja Mathematik und Zeichnen in einem. Mit einer Freundin habe ich auch schon Reiterhöfe entworfen, so gezeichnet. Mit Lego habe ich auch schon öfters unser Haus nachgebaut.

Wenn man nach ihnen suchte, fände man viele begabte Frauen auf der Welt.

Christine de Pizan (1365–1430), mittelalterliche Schriftstellerin

Isa, 12 Also, ich weiß noch nicht, was ich machen will. Ich lieg zwar abends manchmal im Bett und überlege. Aber ich weiß es noch nicht. Heiraten will ich irgendwann schon mal und Kinder kriegen. Aber das möchte ich mit dem Beruf verbinden.

Wenn frau
heiratet,
kann sie
die Sorgen teilen,
die sie vorher
nicht hatte.

Vera, 13 Ich möchte auch heiraten und Kinder. Ich möchte so einen Beruf haben, dass ich auch für die Familie da sein kann. Aber das hat ja noch alles ziemlich viel Zeit. Wenn ich Kinder habe, würde ich in der Erziehung nicht vieles anders machen als meine Eltern. Jetzt finde ich das zwar ungerecht, dass ich immer so früh ins Bett muss und nicht mehr lesen oder Radio hören darf. Aber ich denke mir, wenn ich dann später älter bin, würde ich das vielleicht genauso machen. Die haben ja auch Recht, ich brauche meinen Schlaf. Also, ich muss so um neun Uhr ins Bett. Wenn ein Film spannend ist, darf ich auch mal länger aufbleiben.

Lebensgefährte ist ein Wort, das von »Lebensgefahr« abgeleitet wird.

Wenn Reiche den Armen helfen ...

Isa, 12 Menschen, die mich beeindruckt haben, da gehört Lady Di bestimmt dazu, weil die sich für andere eingesetzt hat. Oder die Mutter Teresa. Dass die ihren Weg gegangen sind, auch wenn ihnen die Welt nicht immer zugejubelt hat.

Wer sich einmal selbst gefunden hat, kann nichts auf dieser Welt mehr verlieren.

Vera, 13 Ich finde das auch toll, wenn Reiche den Armen helfen. Aber andererseits ist es so, dass ich mir sage, ich könnte ja auch was machen. Ich könnte dann aber keine Inliner fahren oder so. Ich müsste auf was verzichten, aber dazu habe ich auch keinen Bock. Dann denke ich mir wieder, ich müsste den Leuten doch helfen. Wenn ich was zu sagen hätte, also in der Politik, dann würde ich auf jeden Fall beschließen, dass Arme weniger Steuern zahlen müssten. Ich würde auch ganz viele Heime für Obdachlose und arme Menschen bauen lassen.

»Es wird nur einmal gekocht und man braucht nur einen Fernseher und nur eine Lichtquelle, obwohl mehr Kinder da sind.«

Bundesfamilienministerin Hannelore Rönsch zur geplanten Kürzung der Sozialhilfe für Kinderreiche.

Isa, 12 In den Städten gibt es doch so viel Jugendliche, die schon obdachlos sind. Warum können die denn nicht in Häuser rein, die sowieso leer stehen, die irgendwann mal abgerissen werden. Wo es dann nur eine Heizung gibt und eine Dusche. Wo die Obdachlosen hingehen können, damit sie irgendwo schlafen und sich duschen können.

Vera, 13 Und dann würde ich noch viel beim Tierschutz machen. Ich würde den Walfang verbieten.

Isa, 12 Und auch keine Tierversuche mehr zulassen.

Jeder von uns ist ein Engel mit einem Flügel. Wenn wir uns umarmen, können wir fliegen.

Vera, 13 Ja, genau.

Isa, 12 Und bei den Tiertransporten müsste einfach geregelt sein, dass die Tiere, na ja, vielleicht so jede Stunde was zu trinken kriegen und versorgt werden.

Vera, 13 Da war auch mal ein Bericht in der „Bravo", dass bei den Tiertransporten die Hälfte der Tiere sterben.

Isa, 12 Ich verstehe das sowieso nicht, dass die da durch ganz Europa transportiert werden. Warum kommen die nicht zum nächsten Metzger? Es gibt doch auf der ganzen Welt Kühe.

> Die Grausamkeit gegen Tiere und auch die Teilnahmslosigkeit gegenüber ihren Leiden ist nach meiner Ansicht eine der schwersten Sünden des Menschengeschlechts.
>
> Romain Rolland (1866–1944), französischer Literaturnobelpreisträger

Vera, 13 Vielleicht ist es in einem anderen Land billiger zu schlachten. Ich denke, die Leute, die so was für gut halten, die müssten auch mal so eng eingesperrt werden. So lange und ohne dass sie irgendwas trinken und essen können.

Isa, 12 Ich sage meiner Mutter, dass ich kein Fleisch mehr esse aus dem „HL" oder von „Penny". Man soll da viel mehr drauf achten, auch bei den Eiern, da steht dann drauf: „Von Freilandhühnern". Wir gehen immer zum Metzger H., der hat eine eigene Schlachterei, da wissen wir, wo das Fleisch herkommt.

Vera, 13 Wenn ich alt bin, möchte ich schon körperlich fit sein. Da würde ich drauf achten. Ich will nicht alt sein und dann nichts mehr machen können. Ich würde schon Rücksicht aufs Alter nehmen, aber trotzdem an mir arbeiten, nicht aufgeben, dass ich sage, ich bin jetzt steinalt, ich kann sowieso nichts mehr ändern. Das, was ich noch machen kann, das würde ich noch machen.

Isa, 12 Also, meine Oma ist in Ordnung, ich bin froh, dass wir sie haben. Wenn meine Mutter arbeiten geht, können wir zu ihr. Ich habe auch ein ziemlich gutes Verhältnis zu ihr, sie hat viel Verständnis. Wenn ich was angestellt habe, zum Beispiel den Schlüssel in der Wohnung liegen gelassen habe, dann erzählt sie das milder, also nicht so krass, wie es passiert ist.

Vera, 13 Ich möchte mal so sterben wie mein Uropa. Der war die ganz Zeit fit und so. Der hat Zigarren geraucht. Er hat mal Feuer angemacht, und da ist er gestorben. Ohne zu leiden, ganz plötzlich.

Isa, 12 Ich fand es furchtbar, wie unsere Hündin gestorben ist. Die hatte am Schluss ganz viel Geschwüre und konnte nicht mehr laufen. Sie wurde dann eingeschläfert. Ich leide auch darunter, aber für sie war es viel besser. Sie konnten ja nichts mehr ändern. Jedenfalls will ich selbst nicht leiden. Ich will auch nicht an Geräte angeschlossen werden.

Vera, 13 Unseren Hund, den Axel, den haben wir am Schluss eingeschläfert. Der ist noch in einen Stacheldraht reingerannt, dann haben wir ihn zum Tierarzt gebracht, und da habe ich meinen Vater zum ersten Mal weinen gesehen. Da hat er mal seine Gefühle nicht unter Kontrolle gehabt. Das ist ganz selten, dass er weint.

Isa, 12 Mein Meerschweinchen ist einfach so gestorben. Es hatte Wasser, es hatte Fressen und einsam konnte es auch nicht gewesen sein, denn es war ja immer jemand da. Da habe ich auch geweint. Ich habe sogar getrauert. Wir haben es in eine Decke eingewickelt, in eine Kiste gelegt und dann haben wir es im Garten begraben. Das war so 'n richtig kleiner Trauerzug. Es waren auch ein paar Freundinnen dabei. Das war schon ganz schlimm, aber jetzt haben wir drei neue Meerschweinchen. Das Meerschweinchen war kurz vor den Sommerferien gestorben und die Mama hat gesagt, jetzt fahren wir sowie erst einmal weg. Und als wir dann nach Hause gekommen sind, gleich am übernächsten Tag, haben wir ein Männchen und ein Weibchen gekauft. Die haben viermal Junge gekriegt, dreimal drei Junge und einmal vier Junge. Die haben wir abgegeben oder verkauft. Aber jetzt ist Anton, das Männchen, kastriert. Bei einem Meerschweinchen, das im Karton gesessen hat, sagten die Leute, die wollen das nicht, das wäre schwanger. Meine Mutter hat dann Mitleid gehabt und es zurückgenommen, das war aber gar nicht schwanger. Also, wir haben uns vorgenommen, die Vera, die S. und ich, wenn wir mal erwachsen sind und studieren – ich meine, wenn wir das schaffen –, dann wollen wir zusammen eine Wohnung nehmen. So leicht sind wir nicht mehr zu trennen.

Das ist so 'ne Sache mit dem Selbstbewusstsein

Gitte, 15 Ich war mal ziemlich tief unten, weil ich es allen recht machen wollte. Und das wurde ungemein schwierig, weil ich eigentlich vieles gar nicht wollte. Zum Beispiel habe ich allen immer nach dem Mund geredet, weil ich mich auch nicht traute, eine andere Meinung zu haben als die anderen. Ich denke halt, wenn ich wirklich sein will, wie ich bin, dann muss ich auch meine Meinung sagen oder das tun, was ich für richtig halte. Das ist für meine Mutter manchmal ganz schön schwer. Die hat so ganz andere Erwartungen. Die möchte mich sportlich. Aber ich bin total unsportlich. Das ist für sie eine riesige Enttäuschung. Die geht reiten und schwimmen und so. Ich habe einfach Angst vor so einem Gaul. Dass ich da runterfalle. Meine Mutter macht oft Witze über mich und guckt mich richtig spöttisch an. Früher habe ich mich ganz schlecht gefühlt. Ich habe mich in mein Zimmer verkrochen und habe mich total gehasst. Ich dachte immer, ich hätte komplett versagt, weil ich nicht sportlich bin. Aber irgendwann bin ich richtig frech geworden. Wenn sie dann so ankam, habe ich sie richtig beschimpft, was ich denn dazu könnte, das wäre doch angeboren, und sie hätte mich doch geboren. Da war sie ruhig. Seitdem gucke ich viel mehr auf Dinge, die ich kann. Sonst habe ich mich immer damit aufgehalten, was ich nicht kann. Zum Beispiel interessiere ich mich für Physik und Chemie, so Experimente machen. Die anderen haben über meine Hobbys oft gelacht. Aber es macht mir Spaß. Warum soll ich zu den „Spice Girls" rennen, wenn mir das überhaupt keinen Spaß macht. Nur weil mich die anderen in der Clique sonst nicht akzeptieren würden?

Ich bin schon oft allein und lese viel oder experimentiere rum. Aber ich fühle mich dabei total gut. Und ich habe auch eine Freundin gefunden, die die gleichen Interessen hat. Seitdem ich das so für mich durchgesetzt habe, bin ich viel lockerer geworden. Einfach viel selbstsicherer. Vielleicht liegt das einfach daran, dass ich oft ziemlich genau weiß, was ich will, und mich halt so wohl fühle.

Ich habe auch keine Lust mehr, anderen etwas vorzumachen. Und nach langen Kämpfen hat mich meine Mutter auch so akzeptiert,

»Die Interessen der Frauen sind die Interessen der Menschen, der Kinder und der ganzen menschlichen Gesellschaft, einschließlich der Männer.«

Rita Süssmuth, deutsche Politikerin

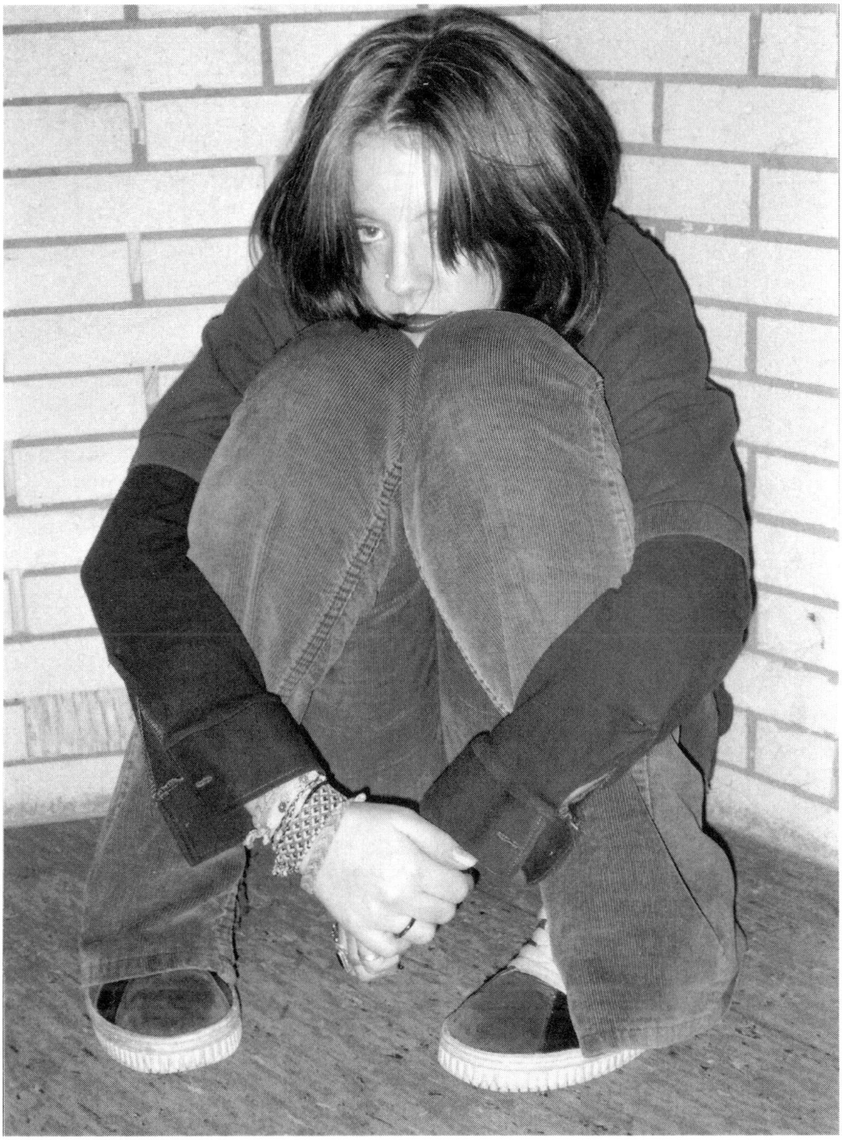

obwohl ich für sie irgendwo fremd bin. Und das tut mir oft sehr weh. Ich bin doch ihr Kind und sie liebt mich irgendwo nicht richtig. Ich merke das an so vielen Dingen, dass sie mich lieber anders hätte. Aber ich bin halt nicht der Schönheitsidealtyp und eben unsportlich. Soll ich mir deswegen etwa 'nen Schuss geben?

Sabine, 14 Das ist so 'ne Sache mit dem Selbstbewusstsein. Ich weiß gar nicht, wann man sich darüber bewusst ist, man selbst zu sein.

Wenn du einen Platz an der Sonne willst, dann musst du auch mit einem Sonnenbrand rechnen.

MARGRET, 10 Also, ich muss manchmal sehr selbstbewusst sein. Wenn mich mein kleiner Bruder immer ärgert, dann muss ich ihm schon mal ziemlich heftig die Meinung sagen. Und darf mich nicht von ihm unterkriegen lassen.

Menschenrechte haben kein Geschlecht.

KATHARINA, 11 Ich habe eigentlich überhaupt kein Selbstbewusstsein. Das liegt einfach daran, dass ich so dick bin. Oder sagen wir mal, stämmig, richtig fett bin ich ja noch gar nicht. Jedenfalls passe ich nicht in die Cliquen aus unserer Klasse. Ich werde auch oft gehänselt. Nur weil ich nicht so toll aussehe. Da hat mich auch mal ein Mädchen mit einer verstellten Stimme angerufen und gefragt, ob ich zum Spielen kommen wollte. Ich sollte um vier Uhr zur Turnhalle kommen. Ich war da und habe gewartet und gewartet und gewartet. Bis ich dann so 'n Kichern hinter den Büschen hörte. Da hatten sich doch tatsächlich die Mädchen versteckt, und alles war nur ein Witz, um mich zu ärgern. Ich bin heulend nach Hause gelaufen.
Ehrlich gesagt, ich finde mich ja auch total hässlich, aber nur äußerlich. Ich bin immer so 'n Außenseiter. Manchmal überlege ich mir, wie Blinde die Menschen sehen. Wie die beurteilen, ob jemand hässlich oder hübsch ist. Es ist eigentlich wirklich komisch, wonach Freunde ausgesucht werden.

KRISTINA, 15 Ooch, Selbstbewusstsein habe ich schon. Das liegt wohl daran, dass ich mich nicht so leicht einschüchtern lasse. Wer nicht will, der hat schon, denke ich mir immer. Die sollen mich mal. Aber das kann auch zusammenbröckeln, das Selbstbewusstsein, meine ich. Da kann man sich auch mal echt beschissen fühlen und die Weltkrise kriegen. Aber was Gutes hat das auch, dann zeigt sich, wer ein echter Freund ist. Als es mir mal echt dreckig ging, da haben ganz andere zu mir gehalten, als ich es erwartet habe. War 'ne tolle Erfahrung. Es sollte einem öfters mal dreckig gehen, nicht richtig, meine ich, testmäßig nur. Mir geht es am ehesten beschissen, wenn ich mich ganz alleine fühle, wenn ich auch alleine bin. Wenn mich jemand anmacht, das fordert mich heraus. Da bin ich stark, aber wenn ich manchmal im Zimmer alleine bin, so ganz sanfte Musik oder so was höre, dann kann auch mal alles über mir zusammenschwappen. Dann habe ich manchmal Angst vor mir selber, weil alle denken, ich wäre immer die Powertussy. Scheiße, bin ich doch gar nicht. Wenn ich so alt bleiben würde, wie ich bin, hätte ich auch keine Probleme. Aber später mal. So die Angst, was wird. Aber das passiert noch nicht so oft, dass ich deswegen die Krise kriege. Irgendwie, denke ich mir, werde ich das schon packen. Bis jetzt habe ich das ja auch gepackt.

weniger, das ist für mich völlig idiotisch. Und dann knutschen sie mit jedem rum oder hüpfen mit jedem ins Bett und irgendwann werden sie es bereuen. Die haben ja auch keinen guten Ruf in N., eine wird „die Matratze von N." genannt. Wenn die das wüsste. Bei den Jungens gibt's das natürlich auch. Aber die jüngeren Mädchen find ich furchtbar, wenn es darum geht, die meisten Jungens gehabt zu haben, mit den meisten im Bett gewesen zu sein.

Ist amal aner g'wesen,
der hat nie ane g'liebt.
In die Höll ist er kömmen
und Schläg hat er kriegt.

Tiroler Schnaderhüpfl

Wenn man in eine Clique rein will, die man besonders toll findet, muss man halt auch das tun, was die machen. Entweder fängt man an zu kiffen oder pöbelt die Leute an, man passt sich genau der Clique an. Ich kenne eine Menge Leute, mit denen ich früher gut zurecht gekommen bin, die gute Freunde von mir waren, und seitdem die in einer bestimmten Clique sind, sind die nicht mehr ansprechbar. Die denken halt, die wären das selbst, wie die sich jetzt geben. Aber ich meine, dass die noch wie vorher sind, dass die sich gar nicht so stark verändert haben, nur total angepasst.
Wenn ich total traurig bin, dann hilft mir „heulen" auf jeden Fall. Rauchen hilft mir nicht, ich rauche keine Zigaretten mehr, wenn ich depressiv bin. Ich trinke dann auch keinen Alkohol. Ich weiß, wenn ich schlechte Laune habe und dann trinke, zieht mich das nur noch weiter runter. Ich trinke eigentlich nur Alkohol, wenn ich gut drauf bin, wenn ich abends weggehe. Und dann auch nicht viel. Das hält sich alles in Grenzen. Ab und zu kiffe ich auch mal, aber nur sehr wenig, nicht so viel, dass ich dann in der Ecke liege und nichts mehr schnalle. Ich finde das Kiffen auch ziemlich gefährlich. Wenn man schlechte Laune hat, kann es dich so runterziehen, dass du total die Depressionen kriegst. Da sollte man ziemlich aufpassen. Und auf keinen Fall übertreiben. Ich kenne ja viele, die mal ganz klein angefangen haben und jetzt was weiß ich was nehmen. Irgendwelche Pillen und so was habe ich noch nie genommen, will ich auch nicht. Davor habe ich auch Angst. Ecstasy würde ich nie ausprobieren. Neugierig bin ich schon. Viele sagen, das wäre so ein wahnsinniges Gefühl, aber die Risiken sind für mich zu hoch. Wenn man Pech hat, kann das ja auch zum Tod führen. Ich hab's eh mit dem Kreislauf. Und woher weiß man, ob das Zeugs nicht irgendwie gepanscht ist.

Die Orientierung an Marken und Werbebildern hilft den Verbrauchern, ihren Rauchkonsum zu reglementieren. Tabakwerbung kultiviert das Rauchen. Sie schafft eine Art Rauch-Knigge. Ohne Werbung ist der Raucher sich selbst und seiner Gier überlassen.

„Presseinformation" einer Werbeagentur zum Beschluss der EU-Gesundheitsminister, Tabakwerbung in der Staatengemeinschaft zu verbieten.

Wir nehmen uns das Recht,
nicht länger weiblich zu sein,
sondern menschlich.

Alice Schwarzer,
deutsche Publizistin der
Frauenbewegung

Ich habe Angst, dass ich ohnmächtig würde. Das andere Risiko wäre ja auch, dass es mir gefällt, dass ich dann immer weitermache. Wenn beim ersten Mal nichts passiert ist, warum sollte man es dann nicht wieder machen. Meine Cousine war mal ziemlich hart drauf. Die ist drei Jahre älter als ich, und als die in meinem Alter war, da war das heftig. Sie fing an, Pillen zu schmeißen, und war krass drauf. Sie lebte damals bei ihrer Mutter und deren Freund. Die Mutter hat wirklich alles probiert, aber man konnte echt mit ihr nicht mehr reden. Am Anfang hat sie ja noch zu Hause gewohnt. Und dann kam sie zum Beispiel einfach drei Tage nicht nach Hause, ohne anzurufen. Sie hat sich auch von vorne bis hinten bedienen lassen, ist nicht zur Schule gegangen, hat nicht gearbeitet. Und dann ist sie halt rausgeflogen. Sie war total fertig, hat die Schule ganz abgebrochen und hat dann bei Freunden und Freundinnen gewohnt. Zuerst hat sie noch bei einem Freund in einer Einzimmerwohnung gelebt, in irgend so einem Kastenhaus. Sie war nur noch mit Drogies zusammen. Das war so eine Clique, die haben dann alle irgendwelche Sachen genommen und ausprobiert. Wenn es sich ein wenig gebessert hat, war sie auch wieder zu Hause. Aber sie hatte keinen Bock mehr. Auf gar nichts. Das war eine ganz schlimme Phase. Das ging so zwei Jahre lang, und dann wollte sie nicht mehr. Sie hat selber gemerkt, dass es irgendwie Scheiße ist. Wovon sie allerdings gelebt hat, das weiß ich nicht, sie sagt mir, sie wäre immer ausgehalten worden. Aber dann hat sie aufgehört und hat auch mittlerweile eine Arbeitsstelle. Mit ihrem Freund ist sie inzwischen schon zwei Jahre zusammen. Sie hat eine Ausbildung gemacht, und jetzt nimmt sie überhaupt nichts mehr. Vielleicht trinkt sie ein Glas Wein oder so. Aber mehr nicht.

Mach aus dir, was in dir steckt.

Meine Eltern haben sich getrennt, als ich ein Jahr alt war. Sie hatten sich total zerstritten. Meine Mutter hatte dann wohl auch noch was mit dem besten Freund von meinem Vater. Er kam aus dem Urlaub zurück, und da war sie mit seinem besten Freund zusammen. Mein Vater ist dann wohl ausgezogen. Ich habe ihn erst kennen gelernt, als ich sechs Jahre alt war. Ich wollte das. Ich kann mich zwar nicht mehr genau erinnern, aber ich wollte ihn einfach kennen lernen. Er hat nichts dazugetan, mich kennen zu lernen, und meine Mutter auch nicht. Aber ich habe ihn doch getroffen, und dann ging es langsam, sehr langsam bergauf. Ich habe ihn nur ab und zu mal gesehen. Das war mir schon ziemlich wichtig. Aber er war ja irgendwo ein Fremder für mich. Ich weiß noch, wie ich die ersten Male übers Wochenende hier, bei ihm in der Wohnung, war. Da war ich so sechs Jahre alt. Ich war total eingeschüchtert. Ich habe mich gar nicht getraut, mit ihm zu reden. Ich wusste auch nicht, worüber ich reden

sollte. Ich habe auch immer nur „du" gesagt, nicht „Papa" oder „Uwe". Dann habe ich irgendwann „Uwe" gesagt und heute sage ich „Papa" zu ihm.
Ich wollte hier in Frankfurt zur Schule gehen, da hat er dann von sich aus angeboten, dass ich bei ihm wohnen kann. Es geht ziemlich gut, ich habe es mir viel schlimmer vorgestellt. Ich finde das schon gut, dass er das macht. Mit meiner Mutter war das dann folgendermaßen: Ich habe erst mit ihr und ihrem Freund zusammengelebt. Der war total lieb zu mir. Zu dem sage ich heute noch „Papa". Mit dem bin ich ja aufgewachsen. Aber dann haben die sich ja auch getrennt, da war ich sieben oder acht Jahre alt. Und sie ist mit einem anderen zusammengezogen, und nach zwei Jahren haben die sich dann auch wieder getrennt, und wir sind wieder umgezogen. Mit meiner Übersiedelung nach Frankfurt bin ich inzwischen neun Mal umgezogen. Meine Mutter hatte nie besonders viel Zeit für mich. Sie hat ja gearbeitet, und wenn sie mal da war, hat sie auch nicht großartig was mit mir gemacht. Ich bin ziemlich selbständig aufgewachsen. Als ich noch klein war, habe ich mir mittags das Essen gekocht. Kurz nach meinem Umzug nach Frankfurt haben wir uns mal darüber unterhalten. Ich habe ihr dann gesagt, das war dann wahrscheinlich doch ein wenig fies von mir: „Nee, ich will nicht mehr!" Sie hat sich nämlich, als ich weggezogen war, am nächsten Wochenende, als ich zu Besuch kam, wahnsinnig viel Mühe gegeben, damit ich mich da wohl fühle. Das wollte ich gar nicht. Ich wollte es so haben wie immer. Ich war das gar nicht gewohnt. Sie hat auch angefangen zu kochen. Ich kann mich nicht erinnern, wann wir mal zusammen an einem Tisch gegessen haben. Jeder hat sich früher sein Essen gemacht und dann ab in sein Zimmer. Und dann wollte ich das eben nicht, dass sie sich so bemüht. Ich finde, jetzt ist es einfach zu spät. Das hätte sie sich früher überlegen sollen. Aufholen kann man da nichts mehr. Wir haben dann darüber geredet, dass wir eine neue Beziehung aufbauen wollen. Jetzt, wo wir uns nicht mehr so oft sehen, ist unsere Beziehung viel besser geworden, als sie war. Wir haben uns ja auch oft gestritten über alles Mögliche. Sie sagt, sie hätte halt so wenig Zeit für mich. Das stimmt aber gar nicht. Sie war oft abends da. Aber es war nie ein Thema, dass wir uns mal zusammensetzen, zusammen essen oder mal ein Spiel spielen. Früher hatte sie nicht sonderlich viel Zeit für mich, und jetzt versucht sie das alles aufzuholen. Und das ging plötzlich so schnell, dass ich nach Haus kam und alles war anders. Das war zu viel. Sie kochte plötzlich und kaufte Eis ein, betuttelte mich von vorn bis hinten, damit ich mich ja wohl fühle. Das war mir zu viel. Ich kam mir vor, als wäre ich bei einer Fremden. Und dann für mich kochen! Meine Mutter hat seit Jahren nicht mehr für mich gekocht. Da habe

ich schon eher für sie gekocht. Ich hatte mich halt dran gewöhnt, das war halt so. Es war auch nicht besonders schlimm. Und dann war ich ausgezogen, kam das nächste Wochenende nach Hause und schon hatte sich alles total verändert. Ich sagte nur: „Stopp, Mama, nicht so heftig!" Aber das ist ja jetzt auch schon wieder vier Monate her. Wir haben miteinander geredet, und jetzt kommen wir richtig gut miteinander klar. Früher haben wir nie richtig miteinander geredet, ich meine über unsere Beziehung. Und als wir gesprochen hatten, haben wir beide richtig geflennt. Seitdem hat sich viel verändert.
Mit Jungens habe ich eigentlich keine Probleme. Ich nehme das ziemlich locker. Ich muss nicht unbedingt einen Freund haben. Wenn der Richtige kommt, okay, aber das kannst du ja nicht erzwingen. Ich hätte am liebsten einen, den man in den Schrank stellen kann, wenn man ihn nicht braucht.
Und jetzt erst war ich das erste Mal mit jemandem sexuell zusammen. Das war auf Ski-Freizeit. Ich kenne den schon ziemlich lange und die Situation war die, dass jeder schon irgendjemanden gehabt hat. Und in einer Nacht – wir waren alle schon ziemlich besoffen – bin ich mit ihm zusammen ins Zimmer gegangen. Es hat wehgetan. Es war nicht sehr toll. Es war überhaupt ganz schnell. Damit man es hinter sich gebracht hat. Aber ich habe ihn halt angemacht. Aber jetzt finde ich das gar nicht gut, wie das gelaufen ist. Aber ich wollte es hinter mich bringen. Das berühmte erste Mal, vor dem alle so Schiss haben. Das war schon mein Ziel. Sicher hat das auch was mit Gruppenzwang zu tun. Aber nicht so stark. Obwohl ich dies nicht als das erste Mal zähle. Ich denke, das erste Mal hat nicht unbedingt etwas damit zu tun, dass man mit jemanden geschlafen hat. Das erste Mal ist für mich eher, wenn man jemanden liebt. Wenn es wirklich schön ist. Es war ja einfach so, dass ich es gemacht habe. Es war furchtbar. Ich war hinterher ziemlich deprimiert. Wir waren in diesem Zimmer. Und die anderen draußen, die wussten ja, dass wir da drin waren. Die kamen ständig, klopften an die Tür und so. Und bei uns war es halt: einmal rein und raus, und das war's dann. Ich kam dann aus dem Zimmer und die anderen saßen da im Gang und grinsten: „Und? Wie war's?" Ich bin dann erst einmal in unser Zimmer, habe aber mit niemandem drüber gesprochen. Aber er hat natürlich total damit rumgeprahlt. Furchtbar. Er ist da rumgelaufen mit dem blutigen Betttuch und hat das jedem gezeigt. Ich fand das so schrecklich. Nach außen ist der immer so ganz cool. Aber sonst furchtbar schüchtern. Früher war der total nett. Da waren wir auch zusammen in einer Clique, wir hatten so ein Gartenhäuschen, da

Knutschflecke sind Besitzmarkierungen.

Die meisten nehmen nicht einmal Vernunft an.

Jungens sind unbestechlich.

haben wir uns abends immer getroffen. Das war alles sehr lustig. Dann ist der in eine bestimmte Clique eingestiegen, und jetzt ist mit dem eigentlich überhaupt nichts mehr anzufangen. Jedenfalls wusste es am nächsten Tag auch noch ganz N., obwohl wir ja in Ski-Freizeit waren. Als wir zurückkamen, habe ich mich das ganze Wochenende nicht mehr auf die Straße getraut. Da kam mir ständig jemand entgegen: „Ha, ha, ha!"

Im Nachhinein kann ich drüber lachen. Aber damals war es furchtbar. Das war schon ein Fehler, aber ich habe es hinter mich gebracht. In N. warten die doch nur immer darauf, dass sie über irgendjemanden tratschen können. Und für einen selbst ist das dann viel schlimmer, weil man tief getroffen ist. Aber am nächsten Tag ist ja schon der Nächste dran. Dann spricht da kein Mensch mehr drüber. Seitdem habe ich aber mit keinem anderen Jungen etwas gehabt. Da lass ich mir Zeit. Ich meine, zärtlich war er schon. Das war für ihn ja auch das erste Mal. Und es hat gleich geklappt. Schließlich stand er ja total unter Druck. Wenn man sich vorstellt, dass die anderen im Gang gewartet haben! Für Mädchen ist das schon einfacher. Aber die Jungens sind ja nach außen immer total cool. Die reden darüber ja auch nicht.

Am liebsten würde ich Grafik oder Design studieren. Ich male sehr viel, obwohl ich nicht unbedingt das große Talent habe. Aber ich male unheimlich gern. Ich habe viele Bücher über die Malerei und tausend verschiedene Stifte. Ich mal die ganze Zeit rum.

Erst einmal will ich das Abi machen. Angeblich kriegt man mit Abitur noch leichter einen Job. Gott sei Dank habe ich ja noch drei Jahre. Bis dahin weiß ich dann sicher mehr. Ich finde es unheimlich wichtig, das zu studieren, was einem Spaß macht. Dann steckt man auch viel mehr Idealismus rein. Schwierig ist es überall. Aber wenn mir etwas Spaß macht, fällt es doch viel leichter.

Heiraten will ich später auf keinen Fall. Das ist für mich schrottig. Das ist überhaupt nichts für mich. Wenn überhaupt, dann nur aus finanziellen Gründen, ich meine, wenn es steuerlich besser wäre. Aber dann auch nur, wenn es absolut sicher wäre. Ich würde nie mit zwanzig heiraten. Kinder kriegen, das weiß ich nicht. Dafür ist die Welt vielleicht zu grausam. Noch mehr Kinder in die Welt zu setzen, nee! Kinder finde ich total toll. Wenn ich schwanger würde, dann würd ich das Kind auch behalten. Ich würde nie abtreiben. Allerdings, wenn ich jetzt schwanger würde, würde ich mir schon etwas überlegen.

Wenn ich gesetzlich was verändern könnte, dann würde ich etwas gegen die Armut tun. Es ist doch krass, wenn man hört, dass da

Wenn mehr Frauen mehr Verantwortung und Aufgaben in unsere Gesellschaft haben, dan wird unsere Gesellschaf auch friedlicher und gerechter.

Heiner Geißler,
CDU-Politiker

Riesenfamilien rausgeschmissen werden, weil sie kein Geld haben, 'ne Wohnung zu bezahlen, die Platz für sieben Personen bietet. Oder was tun für die Obdachlosen oder die Drogenabhängigen. Ich wüsste gar nicht, ob ich Drogen freigeben würde. Ich finde schon, dass man ein oder zwei Gramm legal haben sollte. Allerdings hätten ja die Leute, die heute vielleicht nur zwei Gramm in der Tasche haben, dann vier Gramm, und so geht das dann weiter. Aber ich kenne mich da viel zu wenig aus. Jedenfalls müsste mehr getan werden. Ich muss mal genauer drüber nachdenken. Gleichberechtigung gibt es ja wohl auch noch nicht im Beruf, und andererseits finde ich das schon total zu viel, was die „Spice Girls" abziehen. Frauenpower, die sind für Gleichberechtigung. Aber die rennen da ja rum und sagen: „Männer sind ja so dumm, Frauen sind viel besser", das ist doch keine Gleichberechtigung, wenn jetzt die Männer nur runtergemacht werden. Das ist doch Quatsch. Da kann man sicher nicht mit Gesetzen etwas ändern, das ist doch noch eine Einstellung in der Gesellschaft.

Später möchte ich auf jeden Fall einen Beruf haben. Das ist total wichtig, auch, damit ich Geld verdienen kann, wenn ich mal Kinder kriege. Nicht dass dann alles zusammenfällt, wenn das Kind da ist. Wenn ich alt bin, möchte ich auf keinen Fall alleine leben. Ob es dann eine gute Freundin ist, mit der ich lebe, oder ein Freund. Meine Uroma ist 94 Jahre alt. Die ist für ihr Alter noch total fit. Die wohnt bei meiner Oma. Die macht sich noch so gut wie alles selber. Man kann völlig normal mit ihr reden. Natürlich vergisst sie unheimlich viel. Zum Beispiel, was sie morgens zum Frühstück gegessen hat. Aber jetzt sagt sie immer: „Ich will sterben, ich will nicht mehr leben!" Alle Menschen, die sie geliebt hat, sind gestorben, bis auf die jüngere Generation. Ihr Mann ist gestorben, die Geschwister, die Freunde. Sie hat halt nur noch ihre Tochter und die jüngere Generationen. Sie meint, sie will nicht mehr leben, sie ist viel zu alt. Es ist sicherlich traurig, alles zu verlieren. Und wenn sie Pech hat, stirbt ihre Tochter auch noch vor ihr. Sie will einfach nicht mehr. Das kann ich mir schon auch vorstellen, dass ich nicht so alt werden will. Sie hat auch Angst, raus zu gehen. Es hat sich alles so verändert. Sie geht mit meiner Oma einmal die Woche zum Frisör, aber sonst geht sie nicht mehr vor die Tür.
Mein Opa und mein Uropa sind gestorben, als ich zwei Jahre alt war. Da kann ich mich nicht mehr dran erinnern. Aber als wir noch in unserer alten Wohnung gewohnt haben, da ist die H. gestorben, die hatte Krebs. Wir hatten schon zwei Jahre da gewohnt. Ich war jeden Tag da drüben, habe auf der Mauer gesessen und den Pferdchen zugeguckt. Und dann ist sie gestorben. Das hat mich schon fertig gemacht. Da war ich, glaube ich, elf Jahre alt. Da habe ich ziemlich geweint.
Wenn ich darüber nachdenke, was wohl ist, wenn ich tot bin, bin ich dann einfach aufgelöst? Oder fliegt meine Seele in den Himmel ins Paradies? Aber das werde ich schon noch sehen. Jetzt mache ich mir keine Sorgen darüber.

Man kann nur von der Liebe leben.

Edith Piaf (1915–1963),
französische Chansonsängerin

D+U

Ich find mich stark, das ist meine Stärke

Thea, 14 Da gibt's so 'n Spruch: „Wie sollen andere einen mögen, wenn man sich selbst nicht mag." Das stimmt. Ich könnte dir tausend Sachen sagen, die ich an mir nicht gut finde. Aber wozu stehe ich eigentlich? Was finde ich an mir toll? Darüber habe ich noch gar nicht so richtig nachgedacht. Ich denke dann immer sofort, wenn ich was an mir gut finde: „Sei doch nicht so eitel oder hochmütig." Oder: „Du willst nur angeben." Ist schon komisch. Da werde ich gleich verlegen, wenn ich sagen sollte, was ich an mir gut finde. Wenn ich mir sage, dass es ja eigentlich selbstverständlich ist, dass jeder gute und schlechte Seiten hat, dann ist es schon leichter, auch zu seinen eigenen guten Seiten zu stehen und sich einfach darüber zu freuen.
Aber es ist schon komisch. Man sieht zuerst immer nur das Negative an sich selbst. Ich jedenfalls.

»Es brennt in mir ein Verlangen, in Einfachheit groß zu werden.«
Paula Modersohn-Becker (1876–1907), deutsche Malerin

Nadine, 16 Sicherlich ist es eine Stärke, dass ich so gut aussehe, Aber nur auf den ersten Blick. Dann werde ich halt viel kritischer betrachtet.

Kathi, 12 Also, irgendetwas, was ich an mir richtig gut finde, gibt es eigentlich gar nicht. Ich finde an mir gut, mal ohne Eigenlob, dass ich eigentlich ein ganz guter Freund bin. Manche denken das halt nicht von mir, die meinen vielleicht, ich betrüge oder so was. Dass ich heute über eine tratsche: „Die ist ja so doof", und morgen sage: „Ach, was siehst du wieder gut aus", und dann motze ich wieder mit anderen über die rum. Ich bin aber absolut tierlieb, ich gehe auch reiten, samstags. Manchmal kommt es mir auch so vor, dass ich die Leute fröhlich machen kann. Also, die Marie hatte so ein kleines Problem mit 'ner Freundin. Marie hatte gedacht, die lästert die ganze Zeit mit anderen über sie. Dann habe ich versucht zu vermitteln. Doch, ich glaube, für manche habe ich schon eine ganz positive Ausstrahlung. Ich gehe auch mal auf einen zu, wenn er traurig ist. Oder wenn jemand eine schlechte Note hat, dann tröste ich ihn.

Jeder hat ja auch mal ein Problem und streitet sich mit jemandem und sagt dann irgendwelche Sachen, die man gar nicht sagen will. Und hinterher tut einem das unheimlich Leid, man fühlt sich da total mies. Das hat sicherlich jeder mal erlebt. Und es ist auch komisch, wenn man sich mit seinen Freunden streitet und dann abhaut. Mich nannte mal jemand so aus Spaß: „Na, du Fettsack“, einfach so, als Gag. Ich hab ihr das mal gesagt, wie weh das tut. Und dann hat sie gemeint: „Okay, das mach ich nicht mehr, wenn du das nicht so witzig findest.“ Ich sage da schon meine Meinung, auch wenn das nicht so super ist. Nee, das bin ich nicht, so 'n kleines Mauerblümchen, das dann nichts sagt, alles über sich ergehen lässt und hinterher total verstört ist. Da drauf habe ich auch keinen Bock.

Marie, 12 Also, ich finde dass die Kathi ein total guter Freund ist. Wenn man redet oder Quatsch macht, achtet man überhaupt nicht aufs Äußere, dann plappert man so drauflos. Also, sie ist echt die gute Freundin. Und wenn man Probleme hat, kann man auch gut mit ihr darüber reden. Sie kann unheimlich gut zuhören und quatscht nicht dazwischen. Sie hört sich das echt an. Und hilft einem dann, das Problem zu lösen.
Also, toll finde ich Sport. Handball spiele ich gerne. Ich bin auch stolz darauf, dass ich das gut kann. Stolz bin ich auch, wenn ich eine gute Arbeit geschrieben habe. Und wenn ich gelernt habe, dann habe ich ein total gutes Gefühl in mir. Ich denke, dass ich auch ein sehr guter Freund sein kann. Manchmal ist es allerdings so, dass ich schnell ausflippe. Wenn ich Ärger habe in der Familie, kann es auch sein, dass ich dafür die Kathi dumm anmache und den Ärger an ihr ablasse. Dann finde ich es gut an mir, dass ich sagen kann: „Es tut mir Leid. Das wollte ich nicht so, bitte nimm es nicht so.“ Dass ich dazu stehe, wenn ich was versiebt habe. Auch beim Streit mit meinen Eltern, mit meinem Vater. Wenn Streit ist, gehe ich eigentlich immer abends hin und sage, komm, sei mir nicht mehr böse, weil ich es hasse, mit Streit ins Bett zu gehen. Dann kann ich nicht einschlafen. Aber meine Eltern kommen auch zu mir. Die sagen dann: „Du, komm mal, es war doch nicht so schlimm.“
Ich kann mich auch mit anderen freuen, wenn die zum Beispiel eine gute Arbeit geschrieben haben. Auch, wenn ich eine schlechtere Arbeit geschrieben habe. Bei der Kathi ist das zum Beispiel so, dann freue ich mich mit ihr über ihre gute Arbeit, und sie tröstet mich, weil meine nicht so gut ist. Was ich nicht kann, das ist verlieren.

Gute Katzen treiben sich nicht auf dem Friedhof herum, gute Mädchen nicht im Kaffeehaus.

Aus Vietnam

Kathi, 12 Die Marie, die sagt, dass sie stolz ist, wenn sie 'ne gute Arbeit geschrieben hat. Sie sagt ja nicht so angeberisch : „Oooooh, ich habe sooo eine tolle Arbeit geschrieben, und ihr habt alle soooo eine schlechte Arbeit geschrieben." Die Marie freut sich halt darüber und ist den ganzen Tag über glücklich. Aber die ist dann nicht so cool: „Die anderen können mir total gestohlen bleiben. Ich mach jetzt nur noch mit denen rum, die auch gute Noten haben." Dann wär ich ja schon längst nicht mehr ihre Freundin. Ich kann mich aber auch mit ihr darüber freuen.

Sandra, 12 Also, ich bin sehr sportlich, das mag ich an mir. Ich mag auch Tiere sehr gern. Ich habe zwei Meerschweinchen. Ich würde auch gern einen Hund haben.

Kristina, 15 Also, ich finde mich stark. Echt. Das ist meine Stärke. Ich finde halt, dass ich mich und meine Meinungen ganz gut leiden kann. Früher habe ich mir immer gedacht: So willst du sein, das möchtest du können, so willst du mal werden. Und dann meine dicke Nase! Heute sage ich mir: Sollen die anderen doch sagen, dass sie so werden wollen wie ich! Wer 'ne eigene Meinung hat und die auch sagt, wird immer angegiftet von irgendeiner Seite. Ja, du meine Güte! Sollen sie doch. Dafür ist das meine Meinung. Ich bin ich. Ich habe auch Fehler, klar, aber wie soll ich die alle rauskriegen, wenn

ich mich nur so verhalte, wie andere das von mir erwarten? Und jetzt kommen oft schon welche und fragen nach meiner Meinung. Ist doch toll, oder? Die fragen nicht nach meiner Nase, sondern nach meiner Meinung. Das ist es, Mädels!

Nadine, 16 Andere sagen, mein Körper wäre einfach ideal. Obwohl ich gerne etwas mehr Busen hätte. Ich mag Busen und finde mich absolut zu flach. Aber sonst bin ich eigentlich schon sehr zufrieden mit meinem Körper. Ich habe schöne, lange Beine und eine schmale Taille. Heute würde ich mich auch nicht mehr verstecken wie früher, weil mich damals jeder angeglotzt hat. Ich muss halt damit leben, dass andere auf mich eifersüchtig sind.

Kristina, 15 Körper, hm, also, meine Beine sind vielleicht 'n bisschen pummelig, mein Busen hängt etwas, aber meine Hüfte und alles drum herum ist super, manchmal guck ich wie 'ne Kuh – sagt mein Freund, der Ochse –, aber ich fühl mich pudelwohl oder auch sauwohl. Komisch, dass das Wohlfühlen immer etwas mit Tieren zu tun hat. Also, ich fühl mich tierisch wohl.

»Man wird erst wissen,

was die Frauen sind,

wenn ihnen nicht mehr

vorgeschrieben wird,

was sie sein sollen.«

Rosa Mayreder
(1858–1938),
österreichische
Schriftstellerin
und politische
Publizistin

Zack – sind die Pickel da

Maria, 13 Och, meine Tage finde ich gar nicht so schlimm. Das war noch nie so 'n Problem. Okay, manchmal ist mir schon schlecht. Und dann ist mein Bauch auch so prall und fest. Ich fühl mich manchmal wie eine gestopfte Leberwurst. Aber das Schlimmste an der Hormonbildung sind die Pickel! Manchmal trau ich mich gar nicht auf die Straße. Ich blühe wie ein Streuselkuchen. Ich weiß genau: Kommt Stress, kommt Pickel. Kommt die Periode, zack – sind die Pickel da! Meine Mutter sagt zwar, das gibt sich, wenn die Hormone sich eingepegelt haben, aber das hilft mir jetzt sehr wenig.

Elke 12 Ich hab mal gelesen, dass Models, wenn sie merken, dass sie Pickel kriegen, Zahnpasta draufschmieren. Als Notlösung. Soll leicht austrocknen und desinfizieren. Na, denn!

Karin, 12 Ich find mich richtig eklig mit Pickeln. Ich mag gar nicht mehr auf die Straße gehen. Und dann diese neunmalkluge Werbung. Das Zeugs hat bei mir überhaupt nichts geholfen. Werbung ist sowieso doof. Wenn ich das schon höre: „Oooooh, mein Nachbar kommt in einer halben Stunde. Da habe ich ein Probleeeem! Meine Gläser sind verkalkt!"

Was hat mir mein Vater einst als Vermächtnis mitgegeben? Er hat gesagt: "Du bist groß und hässlich genug, um selbst auf dich aufzupassen."

Germaine Greer,
australische Autorin und Feministin

Margret, 10 Also, ich habe noch keine Pickel. Einmal dachte ich, dass es bei mir jetzt auch voll losgehen würde mit der Pubertät. Ich hatte ganz viele Pickelchen am Knie und glaubte schon, ich könnte Akne kriegen. Aber meine Mutter hat mich beruhigt. Das wäre ganz anders, meinte sie.

Maria, 13 Ich bin jetzt mal ganz ehrlich – manchmal macht es unheimlich Spaß, Pickel auszudrücken. Ich weiß, das ist unhygienisch, da kann sich was entzünden, das kann Narben geben. Trotzdem macht es mir Spaß. Also, nicht die dicken. Das tut ja auch richtig weh, aber so kleine, ich bin ja nur ehrlich.

Stefanie, 14 Also, das habe ich auch mal gemacht. Aber da hat mich meine Mutter gleich zu einer Kosmetikerin geschleppt. Hätte ich mich allein ja nie hingetraut. Ich wär noch nicht einmal auf den Gedanken gekommen. Und ist ja auch nicht gerade billig. Aber die hatte sogar für Jugendliche Sonderpreise. Und was die alles mit mir gemacht hat, so mit Wasserdampf und Kompressen aufs Gesicht und wieder runter! Und desinfizieren und Cremchen drauf und so. Was es alles gibt. Jedenfalls hat's mir unheimlich gut getan. Und meine Haut war weich wie ein frisch gecremter Babypopo.

Melanie, 13 Ich hatte mal ein ganz tolles Mittel gegen unreine Haut gefunden und es war ganz leicht, es selber herzustellen. Da sollte man Pellkartoffeln mit Milch und Eigelb mischen. Und ich hab dann auch alles brav aufgegessen, weil ich nie drauf gekommen wäre, dass man sich die Pampe ins Gesicht schmieren soll. Ich war total frustriert, weil das nichts half. Ich hab's schließlich meiner Mutter erzählt, und die hat Tränen gelacht. Zum Trost hat sie mir dann eine Supermaske zusammengebraut, mit Johanniskrautöl und Eigelb. Sie hat selbst gemachtes Johanniskrautöl, geerntet bei Vollmond. Das hilft total bei Entzündungen. Aber was der Vollmond damit zu tun hat, weiß ich nicht, und wie sie das macht, kann ich auch nicht erklären. Jedenfalls hat die so Rezepte, die haben's echt in sich. Früher wäre sie bestimmt als Hexe verbrannt worden.

Stefanie, 14 Also, da wird ja täglich eine andere Menge von Hormonen ausgeschüttet. Dann kriegste deine Tage. Dann biste wieder fruchtbar. Dann wieder nicht. Ein ständiges Rauf und Runter. Wie 'ne Achterbahn. Das ist nicht so simpel wie bei den Jungens. Schließlich können wir ja auch Kinder kriegen. Und wenn immer unterschiedlich viel Hormone ausgeschüttet werden, da fühlt man sich halt oft auch anders. Vom Kopf her ist das ja auch völlig klar. Sag ich mir dann ja auch immer wieder. Aber wenn du da drin steckst, hilft dir dein Kopf auch nicht weiter. Da muss man erst einmal mit klarkommen. Das Schlimmste für mich ist, wenn ich mich selber überhaupt nicht ausstehen kann. Dann bin ich ganz unten in meiner Achterbahn. Dann finde ich mich zum Kotzen. Ich könnte mich in ein Mauseloch verkriechen. Aber andererseits will ich reden, dann will ich es doch nicht, weil mich Fragen nerven würden. Oder ich möchte einfach nur festgehalten werden. Oder ich möchte mich am liebsten bei meiner Mutter im Schoß verkriechen. Aber dafür bin ich ja viel zu alt. Ach, das ist wirklich nicht so einfach.

»Die Schuhfabrikanten machen Frauenschuhe zum Stehenbleiben. Dabei brauchen wir eher Schuhe zum Davonlaufen.«

Alice Schwarzer, deutsche Publizistin der Frauenbewegung

Seide wurde erfunden, damit die Frauen nackt in Kleidern gehen können. Aus Arabien

Jungens setzen die Gesetze der Optik außer Kraft.
Nimmst du sie unter die Lupe, werden sie immer kleiner.

Kristina, 15 Wenn ich meine Tage kriege, nehm ich mir ganz viel vor. Das lenkt ab und ich häng nicht durch. Ich geh ins Kino, in irgend so einen Actionfilm. Bloß nichts zum Heulen. Oder geh mit 'ner Freundin in unser Tratsch-Café. Aber vorher hau ich mir noch 'ne Menge Farbe ins Gesicht. Ich finde nämlich, ich seh dann immer aus wie gerade aus 'ner Gruft entstiegen.

Marie, 12 Also, im Sportunterricht mussten wir so rennen und ich habe halt schon einen etwas größeren Busen. Im letzten halben Jahr hatten wir mit den Jungens Sport und da gibt es einen Jungen, der steht auf Mädchen. Der knutscht überall rum und fühlt sich wahnsinnig cool. Und dann rief der: „Schwabbel, schwabbel“, und ich sagte: „Ist ja gut, halt doch die Klappe!“ Die Jungens machen schon blöde Bemerkungen: „Boooh, die hat ja Titten!“ Also, das muss nun wirklich nicht gerade sein. Oder neulich, vor ein paar Tagen, im Bus. Da war ein Junge, der quatschte da rum: „Booh, ja guck doch mal die, guck doch mal da hin, die hat vielleicht Titten! Guck doch mal!“ Und das haben total viele gehört. Das ist doch wirklich unverschämt, damit hat der doch überhaupt nichts zu tun. Das ist doch meine Sache! Und ein Junge hat gesagt, so, dass alle es auch wirklich hören: „Die sind bestimmt nicht echt, die Busen.“ Ja, was sollen sie denn sonst sein? Das ist doch totale Scheiße, was die sich einbilden. Als ich elf Jahre alt war, da ging das eigentlich erst richtig los. Also, ich habe mich auch gefreut, dass ich jetzt erwachsen werde. Ich fand das irgendwo schön. Jetzt finde ich das manchmal schon irgendwie blöd, wenn die hinter meinem Rücken kichern und tuscheln: „Ja, guck doch mal da, die hat schon so viel Busen", das finde ich halt total gemein. Als ich meine Periode bekam, habe ich mich eigentlich auch gefreut, weil ich das alles ganz gut in den Griff gekriegt habe. Dann wurde die Periode immer stärker, das fand ich überhaupt nicht gut. Ich find das so blöd, wenn's danebengeht. Ich meine, wenn die Binde nicht mehr ausreicht. In der Schule zum Beispiel. Das haben die anderen mal gesehen, das war mir so peinlich. Ich habe bei meiner Mutter so geheult. Und die hat gesagt, denk bloß nicht, dass das nur bei dir ist. Und ich habe gedacht, ich kann nicht mehr in die Schule gehen, so schlimm war das. Aber heute ist das auch wieder besser. Zwar ist sie immer noch stark, aber es hat sich eingespielt. Ich kann damit besser umgehen. Ich habe mal Tampons probiert, weil ich ins Schwimmbad gehen wollte, aber das hat mir total wehgetan. Wahrscheinlich habe ich mich nicht getraut, sie richtig einzuführen. Das war mir so unangenehm. Bauchweh und so habe ich eigentlich überhaupt nicht. Obwohl, regelmäßig kommt meine Periode nicht. Manchmal kommt sie am 16., manchmal am 9., manchmal dann, manchmal dann. Jetzt waren wir im Urlaub, und da hab ich sie gerade gekriegt. Das war total blöd, ich wollte nämlich schwimmen gehen, aber das ging dann ja

FRAUEN dürfen öffentlich nur baden, falls sie einen Badeanzug tragen, der Brust und Leib vollständig bedeckt, unter den Ärmeln fest anliegt, sowie mit angeschnittenen Beinen und einem Zwickel versehen ist.

Zwickelverordnung, Preußisches Ministerium des Inneren, 1932

Der Schick eines Badeanzuges besteht darin, dass er wie ein Sonnenbrand sitzt.

Esther Williams, amerikanische Filmschauspielerin

nicht. Und mein Vater fragte: „Ja, warum gehst du nicht schwimmen?" Und da habe ich gesagt, ich hätte keine Lust und so. Also, ich habe lange darüber nachgedacht, soll ich das jetzt meinem Vater erzählen oder soll ich ihm das nicht erzählen? Ich unterhalte mich lieber mit meiner Mutter darüber. Das Verhältnis zu meinem Vater hat sich schon etwas geändert, manchmal, da meckern wir beide uns total an. Ich werde dann auch schnell unfair. Ich bin irgendwie gereizt und genervt. Ich mecker ihn an, und dann meckert er zurück. Erst ist er noch ganz nett zu mir, und dann mecker ich immer noch weiter rum. Also, seine Art ärgert mich schon ein wenig. Die provoziert mich manchmal richtig. Zum Beispiel, wenn er mir Mathe erklären will und ich sage: „Das kapier ich aber immer noch nicht", dann ist da schon 'ne gereizte Stimme in mir. Da wird er schon ein bisschen zornig. Dann will ich lieber meine Ruhe und geh in mein Zimmer und denke: „Soll er doch meckern, das ist mir scheißegal."

Kathi, 12 Also, so richtig bin ich noch nicht in der Pubertät. Ich kriege erst einmal überall Pickel. Ich nehme so 'n Pfefferminzduschgel und schmier mir das ins Gesicht, und da gibt's auch noch andere Cremes, davon wird das auch besser. Von „Clerasil" halte ich nicht so viel, weil die Haut so furchtbar austrocknet. Ja, Busen, okay, der ist zwar schon ein bisschen gewachsen und der rechte Busen ist

Das Schönschte, Höchschte, Erhabenschte in der plaschtischen Kunscht ischt der weibliche Bruschtkaschte mit allem, was drum und dran hängt.

Ein schwäbischer Professor der Kunstgeschichte

Ein voller Busen ist in Wirklichkeit ein Mühlstein am Hals der Frau. Er macht sie bei Männern beliebt, die aus ihr ein Mammchen machen wollen, aber sie darf niemals annehmen, dass die Glotzaugen der Männer sie selber sehen.

Germaine Greer, australische Autorin und Feministin

etwas kleiner als der linke. Aber das ist ja wohl normal, dass die nicht gleichmäßig wachsen, das wächst sich dann ja wohl noch aus, hoffe ich jedenfalls. Periode habe ich auch noch keine. Die Marie hat es gut, die hat ihre Periode, die weiß, wie das ist. Aber ich wache oft mit Grauen auf: Hoffentlich habe ich jetzt nicht meine Periode! Für mich wär das ein Superschock. Ich gehe jeden Morgen als Erstes aufs Klo, um nachzugucken, ob ich in der Hose so 'n roten Streifen sehe. Ich denke nämlich, es könnte dann ja was ganz anderes sein, wenn es blutet. Es könnte ja irgendetwas kaputtgegangen sein. Und ich weiß, ich habe dann Angst, was ist jetzt mit mir. Das sind so meine Gedanken. Ich kann da ja auch nichts dafür. Und dann stell ich mir das total unangenehm vor, mit einer Binde in der Hose herumzulaufen. Ich glaube, ich werde da doch ganz schön lang brauchen, um das einfach so wegzustecken. Und dann beim Sport! Das kann ich mir gar nicht vorstellen. Irgendwie hab ich schon Schiss davor, dann stell ich mir vor, das tut total weh, wenn es da rausfließt. Die Gedanken kommen halt, weil ich es noch nicht kenne. Und dann diese „o. b."-Reklame. Da kommt so eine rote, nee, eine blaue Welle, und sie läuft auf diese Binde und die saugt alles auf. Aber ich hab Schiss, dass die Binde das nicht aufsaugt, und dann ist mein ganzer Hintern rot. Davor habe ich irgendwie Schiss. Eigentlich ist es mir

Traue niemand, den der Anblick einer schönen weiblichen Brust außer Fassung bringt.

Auguste Renoir

kackegal, wann ich sie bekomme. Andererseits, wenn ich sie habe, weiß ich halt, was da abläuft. Es ist die Unsicherheit, die mich nervt. Dann habe ich eben keine Angst mehr vor dem nächsten Mal. Am Anfang fühlt man sich wie irgendeine Minnie-Maus, die da irgendwo in der Ecke sitzt und sich total eingeengt fühlt. In der sechsten Klasse haben wir im Biologie-Unterricht so eine Packung gekriegt mit Binden und „o. b." drin. Ich kann damit im Moment noch gar nichts anfangen. Ich habe die mal zu Versuchszwecken benutzt, habe die in meine Hand gelegt und Wasser drauflaufen lassen, um zu sehen, was passiert. Dann hat man später nicht so 'n ekelhaftes Gefühl dabei.

Sandra, 12 Also, ich habe noch keine Periode und ich denke mir halt, es kommt, wie es kommt. Ich habe auch keine Angst davor, ich sehe das alles ganz normal. Wenn ich aber mal zum Frauenarzt gehen müsste, dann würde ich nur zu einer Frau gehen. Irgendwie geht das doch alles. Meine Schwester hat ja schon ihre Periode und die gehen ja auch in der Schule schwimmen.

Thea, 14 Ich hatte auch am Anfang Angst mit so 'nem Tampon. Ich hab das zuerst wohl auch nicht so richtig reingesteckt. Das war mir auch furchtbar unangenehm. Außerdem hatte ich Schiss, dass mir das Jungfernhäutchen kaputtgeht, aber mit den Minitampons soll das wohl nicht passieren. Jedenfalls hatte ich das Tampon auch gleich wieder rausgezogen, ich war mir so unsicher. Und das hat natürlich ein bisschen wehgetan, weil es noch überhaupt nicht vollgesogen war.

Elke, 12 Warum das Regel heißt? Bei mir ist an der Regel überhaupt nichts regelmäßig. Mal kommt sie, aber oft bleibt sie auch einfach weg.

Margret, 10 Ich habe eigentlich keine Angst vor der Periode. Ich denke mir, bis jetzt hat das noch jede überstanden, und außerdem ist man dann aus dem Babyalter raus. Da freu ich mich schon drauf. Denn dann kriege ich ein eigenes Zimmer, und mein kleiner Bruder kann mich nicht mehr so nerven.

Helen, 14 Meine Mutter hat mir mal aus der Apotheke so 'n Mittel gegen Menstruationsbeschwerden mitgebracht. Reines Naturheilmittel. Das heißt Mönchspfeffer. Woher der Name kommt, weiß ich auch nicht. Was Mönche mit Regelschmerzen zu tun haben? Keine Ahnung. Zuerst hat es überhaupt nicht geholfen. Aber das soll ja wohl so sein bei Naturheilmitteln. Und dann ging es mir tatsächlich besser, sogar die Stimmungstiefs verschwanden.

Unzweifelhaft besteht die Tatsache, dass das Fleisch verdirbt, wenn es von Frauen berührt wird, die ihre Regel haben.

Mitglied der Evangelischen medizinischen Gesellschaft, British Medical Journal 1878

Kristina, 15 Ich hatte mal so einen „Freund", na ja, heute denk ich mir, so 'n richtiger Idiot, der sagte mir immer, wenn ich mal nicht so gut drauf war: „Du hast wohl deine Tage!" Mit einem ganz überheblichen Grinsen hat der mich angeguckt. Das hat mich so sehr getroffen, ich kann es überhaupt nicht ausdrücken. Die Jungens kommen mit der Situation einfach nicht klar, ich meine, das mit der Periode und dass Mädchen jetzt schon schwanger werden können. Das ist denen fast unheimlich. Und deswegen muss das häufig ins Lächerliche gezogen werden. Die sind so was von bescheuert! Wenn ich mir vorstelle, dass ich später mal in meinem Bauch so 'n kleinen Winzling drin haben werde, macht mich das richtig stolz. Das ist doch echtes Leben, was da wächst. Ein Kind will ich auf jeden Fall. Aber sehr gezielt. Ich bin richtig froh, dass man das heutzutage alles planen kann. Aber noch bin ich längst nicht so weit. Erst mal möchte ich schon rumreisen, die Welt so 'n bisschen kennen lernen oder so was.
Manchmal ärger ich mich maßlos darüber, wie die Typen sich aufspielen. Als hätten sie die Welt erfunden. Halten ihre coolen Käppis in den Wind und machen einen auf lässig.
Zur Fortpflanzung bräuchte man die eigentlich gar nicht so richtig. Okay, so 'n paar für die Samenbank. Aber 'ne Frau kannste nicht so schnell ersetzen.

Schreit ein Säugling in der Nacht, so ist es nur dann eine erhebliche Belästigung, wenn die Mutter daran schuld ist.
Mieter-Lexikon des deutschen Mieter-Bundes

Elke, 12 Wenn ich mir vorstelle, was die früher alles machen mussten, während der Regel, diese Vorlagen aus Stoff meine ich. Und das dann immer waschen, ohne Waschmaschine. Totaler Stress. Da bin ich froh, dass es Binden und Tampons gibt zum Wegschmeißen.

Kristina, 15 Es gibt ja neuerdings auch wieder Ökobinden, stell dir vor. Nee, nicht handgestrickt, aus gebleichter Baumwolle mit Körnern drin oder so was. Sogar aus Seide. Echt vornehm. Kannste dann in die Waschmaschine stecken. Auch nicht schlecht. Aber ehrlich gesagt, dazu bin ich ein wenig zu faul. Klar wär das besser, wegen der Umwelt. Ist ja auch nicht schön, dass die Müllhalden voller Binden liegen, aber bequemer ist das trotzdem, gerade wenn man unterwegs ist. Wie soll ich da 'ne benutzte Binde einpacken und mit mir rumschleppen? Aber zu Hause? Muss mal überlegen. Vielleicht steig ich auch ganz auf Tampons um. Die nehmen am allerwenigsten Platz weg.

Kathi, 12 Meine Mutter geht zum Frauenarzt, also zu einem Mann. Und sie hat gesagt, dass sie auch mal mit mir dahin gehen will. Aber irgendwie habe ich Angst davor, wenn ich zu einem Mann gehe, und der fummelt mir dann irgendwie in der Scheide rum. Das ist doch ein ganz anderes Gefühl, als wenn's 'ne Frau macht; 'ne Frau, die kennt das doch von sich, und der Arzt hatte doch noch nie 'ne Scheide oder seine Tage. Also, ich würde am liebsten zu einer Frauenärztin gehen. Mir ist das total unangenehm. Ich habe bisher Ärzte kennen gelernt, die waren meistens irgendwie grob. Ein Arzt hat mich mal so hart beim Arm genommen und dann den Riemen beim Blutabnehmen so fest gezogen. Ich weiß, der muss ja festgezogen sein, aber trotzdem, die ganze Art. Ich könnte mir vorstellen, dass Ärztinnen nicht so grob sind. Und außerdem würde ich mich bei einer Frau nicht so sehr schämen. Die waren ja auch mal junge Mädchen.
Jedenfalls gibt's da wohl irgend so einen Stuhl und dann wird einem da in die Scheide geguckt. Da soll man so 'n langes T-Shirt anziehen, dass es einem nicht kalt wird. Und dann muss man sich auf diesen komischen Stuhl legen und die Beine werden hoch in solche Stützen gelegt. Dann wird einem mit so einem Röhrchen in die Scheide geguckt. Es gibt ja sicherlich auch Ärztinnen, die fragen, ob es das erste Mal ist, und dann besonders vorsichtig sind.

Margret, 10 Wieso heißt das eigentlich Frauenarzt, wenn das auch Männer machen?

Ich war schon oft verdammt glücklich ...

Nadine, 16 Mein Lebensinhalt ist eigentlich, dass ich ganz glücklich bin. Ich möchte einen Beruf, der mir Spaß macht, heiraten will ich später auch mal und Kinder kriegen. Dann möchte ich viel von der Welt sehen.

Kristina, 15 Ich bin unheimlich neugierig und ich will rauskriegen, was alles in mir steckt. Ich fühle mich manchmal wie eine Schatztruhe oder ein Überraschungsei. Ständig entdecke ich was Neues.

Nicht einer bestimmten Frau, sondern den Frauen überhaupt bestreite ich die Talente der Männer.

Jean-Jacques Rousseau (1712–1778), schweizerisch-französischer Schriftsteller

Sabine, 14 Ich war schon oft verdammt glücklich. Wenn ich mit meinen Freundinnen zusammen bin zum Beispiel. Da könnte ich manchmal echt heulen vor Glück. Weil die mich einfach verstehen. Das könnte niemand ersetzen, auch mein Freund nicht. Bei meinem Freund bin ich auch glücklich, aber da ist es schon ein bisschen anders, weil ich mir denke, das ist nicht fürs Leben. Bei meinen Freundinnen könnte ich mir gar nicht vorstellen, dass wir so einen Krach haben, dass zwischen uns alles vorbei ist.

Kristina, 15 Glück ist, wenn man sich liebt. So mit aller Wucht und aus Leibeskräften. Ich meine nicht nur 'nen Freund. Ich kann auch meine Freundin lieben, echt, wenn wir uns verstehen und merken, dass wir totales Vertrauen zueinander haben können. Nicht was du denkst, mit Sex und so. Lesbisch bin ich nicht. Aber warum soll ich meine Freundin nicht küssen? Man küsst ja auch seine Eltern oder die Oma oder die Kinder. Also, Liebe ist doch kein Verbrechen! Meine Mutter liebe ich. Die ist so zum Knuddeln. Obwohl wir auch unseren Stress miteinander hatten. Aber anders. Nicht so frostig. Die würde mich nie von oben herab fertig machen. Einmal, meine Güte, da hatten wir Zoff, ich weiß gar nicht mehr, worum es überhaupt ging. Sie brüllte, ich brüllte. Dann bin ich raus, habe meine Zimmertür zugeknallt, habe mich aufs Bett geschmissen und habe geheult und geheult. Dann ist sie ganz leise reingezogen, hat sich zu mir gesetzt, meinen Kopf gestreichelt und hat auch geheult. Dann haben wir beide geheult und geheult. Und dann haben wir gelacht, weil wir beide geheult haben. Da war ich glücklich.

Empörung ist der erste Schritt zur Veränderung

Nadine, 16 Glück ist, glaube ich, wenn einfach alles um mich herum stimmt. Ich meine, es muss nicht alles sein, aber einfach ganz viel. Dass ich keinen Krach habe mit meinem Freund oder meinen Eltern, wenn es in der Schule stimmt. Oder wenn ich plötzlich eine ganz tolle Entdeckung mache. Neulich habe ich im Urlaub gesehen, wie eine Schwalbenmutter ihre Jungen gefüttert hat, wie die dann aus dem Nest kamen und fliegen lernten. Da wurde es mir so ganz komisch im Bauch und ich war ganz fröhlich. Ich glaube, alles, was fröhlich macht, ist Glück.

Ein treuer Hund, ein treues Pferd sind mehr als 1000 Weiber wert.

Ich bin so'n Typ, ich fühle mich immer schuldig

LISA, 13 Auf der Schule sind Mädchen, die ich beneide, weil ich finde, dass die total gut aussehen. Ich möchte eigentlich wesentlich dünner sein. Mein Busen ist okay, aber mein Bauch und meine Beine sind mir einfach zu dick. Hauptsächlich sind es ja meine Beine, deshalb ziehe ich auch keine Miniröcke an, weil ich das total peinlich finde. Das ist eine Sache, wie ich mich selbst fühle. Mein Gesicht finde ich gut, meine Augen, meine Haare. Jungs gucken eigentlich immer zuerst auf die Oberweite. Da höre ich dauernd irgendwelche Bemerkungen. Ich ziehe ja gerne diese engen Tops an, bauchfrei. Und dann haben die für mich unglaubliche Spitznamen, Quarktasche und so was. Die betatschen mich auch manchmal. Aber das lass ich mir nicht gefallen. Dann flamme ich denen eine. Zum Beispiel auf der Klassenfahrt. Da kommen die von hinten an und betatschen mich. Unglaublich! Da sind wir zum Beispiel achteinhalb Stunden mit dem Bus gefahren, ein Freund von mir hat neben mir gesessen. Auf einmal, ich habe mich irgendwie mit dem Rücken zu dem gedreht, hat der mir den BH aufgemacht. „Was soll denn das jetzt", hab ich gefragt. „Na ja, das ist doch nur aus Spaß", haben die geantwortet. Und dann haben die mir das T-Shirt hochgezogen. Ich habe meinen BH wieder zugemacht, da hatte ich meine Hände ja hinten, und da hat der mir so „aus Spaß" gegen die Brust gehauen. Also, es gibt ja auch Bemerkungen oder Komplimente, die schmeicheln. Aber so was geht doch total zu weit. Das geht mir echt auf die Nerven. Ich habe da ein ganz bestimmtes Top, das ist schon ziemlich eng, und ich hatte einmal einen schwarzen BH drunter. Also, ich bin in der Pause damit rumgelaufen und da riefen die Jungens hinter mir her: „Na, du Tittenmonster!" Das haben die vor allen anderen gebrüllt. Das war mir ja so peinlich.
Ich habe Angst, dass die Jungens mich nicht mehr akzeptieren, wenn ich zu dick bin. Dass die mich dann einfach nicht mehr mögen. Aber viele akzeptieren die Mädchen nur übers Äußere. In der Nachbar-

Wie sähe die Welt ohne Männer aus: keine Kriege und lauter glückliche, dicke Frauen.
Tolstoi (1817–1875), russischer Schriftsteller

Die Sklaverei der Frau besteht gerade darin, dass die Männer entschlossen sind, sie als Mittel zu ihrem Vergnügen auszunutzen, und sich dazu berechtigt glauben.
Tolstoi

Jungens sind wie Zwiebeln. Du schälst eine Haut nach der anderen ab, und was übrig bleibt, ist zum Heulen.

klasse sind zum Beispiel Mädchen, die sind etwas dicker, die werden von den Jungens regelrecht fertig gemacht. „Na, du dicke Schlampe", und so. Die putzen die so richtig runter und davor habe ich Angst. Bei den Mädchen ist es aber genauso, die sagen das Gleiche. Also, das Äußere spielt schon eine wichtige Rolle, die Kleidung zum Beispiel. Wenn du Sachen anhast, die nicht gerade „in" sind, dann bist du sowieso unten durch. Dann hast du voll verloren. Bei den Jungen sind im Moment diese ganz weiten Hosen in und bei den Mädchen die Levi's, enge Shirts oder weite Pullis und Schlaghosen. Und die kurz geschorenen Haare bei den Jungens finde ich echt gut. Doch, das gefällt mir.
Manchmal gibt es Tage, wo ich mir selber gut gefalle. Das klingt zwar jetzt ein bisschen blöd, aber doch, das gibt's. Und wenn dann noch Komplimente oder so was kommen, dann bin ich total gut drauf. Oder wenn ich eine gute Arbeit geschrieben habe. Manche Tage sind einfach gut, da wacht man auf und fühlt sich gleich wohl. Aber manchmal ist es auch so, dass mich so kleine Bemerkungen von meinen Klassenkameraden unheimlich schnell wieder runterreißen können. Ich bin dann nur noch schlecht gelaunt, bin am Futtern und am Futtern. Ich haue dann alles in mich rein. Das ist so 'n richtiges Frustessen. Und dann mache ich auch schon mal dumme Bemerkungen. Meine Familie kriegt auch was ab. Ich versuche mich schon zu beherrschen, aber ich kann's nicht. Das kommt dann einfach so aus mir heraus.
Die Pille möchte ich eigentlich schon haben, aber ich traue mich nicht, meiner Mutter davon zu erzählen. Und dann möchte ich nicht zum Frauenarzt. Ich schäme mich so sehr. Ich würde mich da einfach nicht auf diesen Stuhl legen. Das wäre mir so peinlich. Ich weiß, wie das abläuft. Ich war ja auch schon mal dabei, als meine Mutter schwanger war, wie die Ultraschall gemacht haben und so. Ich kenne auch den Arzt, der ist sehr nett. Aber trotzdem. Das kommt mir alles so unheimlich vor.
Seitdem ich in der Pubertät bin, ist mein Vater ganz anders zu mir geworden. Unheimlich lieb. Früher fand ich das immer toll, wenn mich meine Mutter in den Arm genommen hat. Aber heute kann ich das nicht mehr haben. Ich mag das einfach nicht, wenn mich jemand in den Arm nimmt und über den Kopf streichelt. Ich kann das nicht haben. Auch von meinem Vater nicht, obwohl ich mich mit ihm unheimlich gut verstehe. Auch wenn meine Oma ankommt und mich in den Arm nimmt und mich drückt. Bei meinem Freund ist das okay, aber sonst bei niemandem.
Wichtig ist bei mir im Moment, dass es mit der Schule klappt. Und meine Freunde sind natürlich für mich sehr wichtig. Ich möchte auf jeden Fall das Abitur machen, und wenn ich es schaffe, will ich auch

studieren. Ich habe mich auch mal mit meinem Vater darüber unterhalten und der hat gesagt, wenn ich mich anstrenge, schaffe ich das. Dann habe ich das auch meiner Mutter erzählt. Mein Traum wäre nämlich, Jura zu studieren.
Aber meine Mutter hat mich nur schief angeguckt und gesagt: „Ja, das sehen wir dann, wenn's so weit ist." Es würde mich unheimlich reizen, mich für andere einzusetzen. Ich hätte am liebsten Fälle über Vergewaltigung. Ich finde einfach, dass da noch unheimlich viel gemacht werden muss. Ich habe keine Erfahrung damit gemacht, aber ich glaube einfach, dass man sich da ganz schlimm fühlen muss. Und wenn der Täter dann auch noch freigesprochen wird, das siehst du ja auch im Fernsehen, dann kriege ich eine unbeschreibliche Wut. Das würde mich auf jeden Fall am meisten interessieren. Und dann würde ich mich für Tiere einsetzen. Ich habe mit meiner Freundin eine Zeit lang Unterschriften gesammelt gegen Tierversuche. Wir hatten Prospekte dabei und sind sogar in die Schulen gegangen. Wir hatten eine Adresse gehabt, in Berlin, und da haben wir die Listen hingeschickt.

Eine gescheite Frau hat Millionen geborener Feinde – alle dummen Männer.

Marie von Ebner-Eschenbach (1830–1916), österreichische Schriftstellerin

Mein Freundeskreis ist für mich eigentlich das Wichtigste. Da bin ich echt glücklich. Mein Freund ist natürlich der Allerwichtigste.
Das Essen ist auch wichtig und ganz furchtbar, weil ich oft die Sachen nur so in mich reinschaufeln könnte. Manchmal hänge ich sogar aus Langeweile am Kühlschrank und stopfe alles in mich hinein. Vor einiger Zeit habe ich auch ganz schön zugenommen. Da war ich noch mit meinem Exfreund zusammen. Ich habe mich nicht getraut, mich von ihm zu trennen. Er hatte mich geschlagen und mir gedroht, wenn ich Schluss machen würde, würde er mich verprügeln. Acht Wochen habe ich das mitgemacht. Dann habe ich mich getrennt und dann kam er und hat mir die Ohren vollgeheult.
Mit meinem neuen Freund D. habe ich noch nicht geschlafen, aber ich würde schon gern. Wir haben auch darüber gesprochen. Ein bisschen Angst habe ich schon, er hat wohl keine, sagt er jedenfalls. Aber ich glaube, er ist trotzdem ziemlich aufgeregt. Ich hätte mal beinahe mit meinem Exfreund geschlafen, aber er war so durcheinander, dass er keinen hoch gekriegt hat. Das war wohl ziemlich peinlich für ihn. Mit D. habe ich auch darüber geredet, ich habe keine Angst, dass es wehtut, sondern einfach davor, wie es so ist. Früher hat sich meine Mutter mal mit M. und mir dreieinhalb Stunden zusammengesetzt und da sind wir aufklärungsmäßig alles durchgegangen. Und so nach und nach hat sich dann auch so einiges ergeben. Zuerst ist er mir unters T-Shirt gegangen. Ich war mal bei ihm zu Hause. Und wenn meine Mutter weiß, wo ich bin, dann

Die Klügeren geben zu oft und zu lange nach, bis sie die Dümmeren sind.

habe ich Ausgang so lange, wie ich will. Seine Eltern waren allerdings nicht da. Und dann hat sich das zum ersten Mal so ergeben: Petting. Am Anfang war das für mich ziemlich peinlich. Es war die nächsten Male ganz schön, aber er wurde mir dann zu aufdringlich. Ich hab's wegen ihm gemacht, nicht wegen mir. Okay, ich weiß, das war ein Fehler. Einmal habe ich ihm das auch gesagt, aber er hat richtig typisch drauf reagiert und ist dann sofort gegangen. Später habe ich gesagt: „Okay, tut mir ja Leid", und obwohl ich das nicht wollte, habe ich es dann gemacht. Zum Schluss habe ich mich richtig geekelt. Ich war mit ihm und einem Freund Zeitungen austragen, auf einmal betatscht der mich in aller Öffentlichkeit, da ging der mir unters T-Shirt. Ich sagte: „Kannst du das mal bitte lassen, da drüben läuft jemand, da guckt jemand aus dem Fenster. Ich möchte das nicht." Dann habe ich ihm die Hand weggeschoben. Der machte aber einfach weiter. Ich wusste überhaupt nicht, wie ich mich wehren sollte. Ich hab es dann über mich ergehen lassen. Ich fand es zwar unmöglich, so in der Öffentlichkeit, aber was hätte ich machen sollen? Der Freund von ihm hat mir ja hinten die Hände festgehalten.

Die Frauen machen sich nur deshalb so hübsch, weil das Auge des Mannes besser entwickelt ist als sein Verstand.

Doris Day,
amerikanische Schauspielerin
und Sängerin

Ich mag unheimlich gerne Tagträume. Ich stelle mir dann schöne Situationen vor. Einmal war das in der Schule, wir haben gerade für eine Arbeit gelernt. Ich saß da, kaute an meinem Bleistift und träumte rum. Auf einmal nimmt mich meine Lehrerin dran, aber ich habe überhaupt nichts gepeilt. Ich habe weitergeträumt, bis sie meinen Namen an die Tafel geschrieben hat. Bis meine Freundin mich angestupst hat: „He, du stehst an der Tafel." Ich denke: SCHOCK! Ich hatte tatsächlich nichts mitgekriegt, so weit war ich weg. Dann träume ich, was zwischen mir und meinem Freund gelaufen ist. Oder ich stell mir bestimmte Sachen vor: Neulich habe ich mir vorgestellt, dass wir auf einer verlassenen Insel wären, so mit schöner Sonne und Strand, blaues Meer.

Begeh immer nur Dummheiten, die dir wirklich Freude machen.

Jungens verhalten sich sehr unterschiedlich, es gibt eine Clique, da sind voll die Macho-Typen drin. Da ist die Hauptsache, Mädchen anzubaggern, um schnell mit einer ins Bett zu kommen. Dann aber wieder weg und die Nächste ist dran. Auf so was habe ich keinen Bock. Aus der Clique bin ich dann raus und in die andere Clique rein. Da bin ich voll zufrieden, da gibt es kein Macho-Gehabe. Macho-Gehabe ist für mich so was wie Großkotzigkeit und Verhalten wie „Ha, ich bin der Beste" oder „Alle stehen auf mich". Die wollen halt eine nach der anderen haben, damit sie damit rumprotzen können. Ein Klassenkamerad von mir, mit dem bin ich auch recht gut befreundet, der will es erst mit fünfzehn machen. Andere wiederum haben schon mit Mädchen geschlafen, die sind erst dreizehn oder vierzehn. Ich weiß natürlich nicht, ob das gelogen ist, damit sie angeben können. Aber ich glaube nicht, dass in meiner Klasse schon viele Mädchen mit einem Jungen geschlafen haben. Die sind noch nicht so weit.

Angst vor der Zukunft habe ich keine. Das finde ich eher interessant, was da auf mich zukommt. Da bin ich neugierig. Ich freue mich auch darauf, selbständig zu sein, raus zu kommen. Später mal 'ne eigene Wohnung zu haben und vielleicht zu studieren. Das wär schon toll. Ich kann mir auch vorstellen, dass ich heirate und Kinder kriege. Auf jeden Fall will ich einen Beruf. Wenn ich nur Hausfrau wäre, würde mir die Decke auf den Kopf fallen. Das würde mir keinen Spaß machen.

Was ich bei der Erziehung völlig anders machen würde als meine Eltern mit mir ist, dass ich mit meinem Kind mehr reden würde. Dass ich meinem Kind auch mehr Vertrauen zeigen würde, also nicht so wie bei meiner Mutter. Das finde ich absolut schlimm, wie die sich verhält. Das Vertrauen ist einfach kaputtgegangen durch ihre

Ich hoffe jedenfalls, dass die Güte das ist, was die Frauen auszeichnet. Denn wir wollen mit ihrer Hilfe die Wahlen gewinnen.

Konrad Adenauer (1876–1967), deutscher Staatsmann

Verbote, die völlig unnütz sind. Ich habe die auch nicht eingesehen. Ich habe das dann heimlich gemacht. Und dann wurde es natürlich noch schlimmer. Das Vertrauen ist jedenfalls zerstört und ich glaube nur sehr schwer wieder herzustellen.

Klar würde ich meinen Kindern auch Grenzen setzen. Da gäbe es auch Verbote. Aber die müssten verständlich sein. Wenn ich eine Tochter hätte, die vielleicht mit zwölf oder dreizehn Jahren die Pille haben will, dann wollte ich natürlich schon wissen, was da los ist. Aber ich würde mit ihr auf jeden Fall zum Frauenarzt gehen und sie beraten lassen, ob sie körperlich schon so weit ist, wegen der Hormone und so. Auf jeden Fall finde ich es besser, wenn es eine Familie gibt. Also, Vater und Mutter zusammen und nicht allein erziehend.

Als sich meine Eltern getrennt haben, bin ich immer geflüchtet. Zu meinem damaligen Freund. Der Streit fing meistens erst abends an, wenn ich im Bett war. Die glaubten immer, ich kriege nichts mit. Ich wär noch so klein, aber ich war damals sieben Jahre. Ich habe alles gehört und mitgekriegt. Ich kam einmal heim, und da war meine Mutter schon ganz komisch drauf. Sie sagte dann, sie möchte sich mit mir mal unterhalten. Und dann erzählte sie mir, dass sie sich von meinem Vater trennen würde. Ich wollte nicht vor meiner Mutter heulen. Das wäre mir total peinlich gewesen, das wollte ich nicht. Ich bin dann in mein Zimmer, habe das Zimmer abgeschlossen und habe erst einmal richtig geheult. Heulen ist manchmal unheimlich wichtig, das tut so gut. Ich bin dann auch nicht mehr raufgekommen, nur wenn ich Hunger hatte. Dann sind wir ausgezogen. Ich habe an dem Haus gehangen, da bin ich halt aufgewachsen. Ich war froh, dass mein Vater da weiter wohnen blieb. Aber eines Tages kam er an und sagte, er müsse das Haus verkaufen. Das war für mich ganz schrecklich. Er hatte danach ja auch ein ganz schönes Haus, aber das hat mir am Anfang nicht sonderlich gut gefallen. Aber inzwischen habe ich mich doch daran gewöhnt. Früher hätte ich den Krach zwischen meinen Eltern gerne noch in Kauf genommen, wenn sie nur zusammengeblieben wären, aber heute finde ich das schon gut, dass die sich getrennt haben. Heute kann ich das auch verstehen. Das war auf jeden Fall besser, dass die sich getrennt haben.

Das Schlimmste, wenn ich so zurückblicke, ist eigentlich, dass ich geschlagen worden bin. Das ist bestimmt nicht nur mir so gegangen, dass man von einem Exfreund geschlagen wurde. Ich fühlte mich, als wäre ich gar nichts. Als wäre mein Freund irgendwie alles, und ich wäre nichts. Ich würde mich nicht mehr so demütigen lassen, auf gar keinen Fall. Du bist ein Mensch, genau wie dein Freund. Ich würde das erst einmal mit Reden versuchen. Aber wenn der nicht drauf eingeht, würde ich mich auf jeden Fall trennen. Ich würde den

Es schmerzt mich,
dass es nie zu einer
Erhebung der Tiere gegen uns
kommen wird, der geduldigen Tiere,
der Kühe, der Schafe,
aller Tiere, die in unsere Hand
gegeben sind
und ihr nicht entgehen
können.

Elias Canetti (1905-1994),
Schriftsteller
und Literaturnobelpreisträger

Fehler nie wieder machen, mich so demütigen zu lassen. Das ist auch eine Sache der Selbstachtung.
Idole oder direkte Vorbilder habe ich eigentlich keine. Vielleicht mein Vater, wie der sich heute das Leben gestaltet. Der hat jetzt auch wieder eine Freundin, die ist echt lieb und kümmert sich auch um ihn. Die hat auch 'ne Tochter, mit der verstehe ich mich ganz gut. Aber meine Mutter wäre kein Vorbild für mich. Wenn ich was bei den Gesetzen verändern könnte, würde ich mich auf jeden Fall gegen Tierversuche einsetzen. Oder auch gegen Tiertransporte.
Fleisch esse ich eigentlich nur, wenn ich weiß, dass das von einem Bauern kommt. Da sieht man ja, wie die Tiere gehalten werden. Die laufen draußen rum, da weiß man einfach, dass das Fleisch gut ist. Hier gibt es ja auch ein paar Metzger, die nur Tierfleisch von den Bauernhöfen haben. Okay, so auf Partys esse ich auch manchmal Fleisch. Aber ich esse nicht alles.
Ich habe keine Angst, erwachsen zu werden. Aber Schiss, alt zu werden. Ich kann mir einfach nicht vorstellen, dass ich mal alt bin. Ich bin heute dreizehn, das ist so weit weg. Das ist für mich ein Albtraum. Das ist nicht die Angst vor dem Tod. Das finde ich interessant, ich glaube einfach nicht dran, dass man einfach so stirbt und

dann ist alles vorbei. Ja, ich bin neugierig, was dann passiert. Also, Angst davor habe ich gar nicht. Ich habe sogar schon probiert, mir das Leben zu nehmen. Ich war da so fertig, da habe ich Schlaftabletten genommen. Und einmal, da habe ich das Messer genommen und wollte mir die Pulsadern aufschneiden. Das war damals, als ich so Stress mit meinem Freund hatte. Das habe ich dann aber doch nicht gemacht. Jedenfalls hatten wir Streit, ich war daran schuld. Mein Freund hat dann nur gesagt: „Komm, nimm das nicht so ernst." Aber ich bin so 'n Typ, ich fühle mich immer schuldig. Ich suche die Schuld immer bei mir. Ich steigere mich dann richtig rein. Zum Beispiel: Vor mir steht ein Glas, mein Freund wirft es um, dann bin ich halt schuld, weil es vor mir stand, obwohl er es umgeworfen hat. Er meinte nur, wir sollten das doch einfach vergessen, aber ich konnte das nicht. Bei meinem früheren Freund war es so, dass ich so was gar nicht kannte. Der hat immer nur noch draufgehauen und mich fertig gemacht. Der hat mir immer gesagt, ich wäre ganz allein schuld an dem Krach und so. Bei meinem jetzigen Freund kann ich machen, was ich will, er redet mit mir drüber. Und dann ist das für ihn vergessen, das ist kein Thema mehr für ihn. Das bin ich gar nicht gewöhnt. Ich kenne das gar nicht. Ich hab so 'n Butterfly zu Haus, so 'n Klappmesser und hab dann nur so leicht angesetzt, weil ich mich nicht getraut habe. Und dann haben wir auf dem Spielplatz gesessen, mein Freund, dessen Freund und ich, und ich habe mir mit 'ner Scherbe in den Arm ein D eingeritzt. Die Narbe habe ich jetzt noch. Die haben mir die Scherbe aus der Hand gerissen, was das soll, ich habe überhaupt nichts mehr gepeilt. Vorher war das so: Wir hatten so 'ne Glasflasche, und die hatten wir aus Quatsch gegen die Wand geworfen, und daher hatte ich halt die Scherbe. Na ja, und das war auf dem Spielplatz, weil wir uns woanders nicht mehr treffen können. Aber die Scherben haben wir dann weggeräumt.
Mit den Schlaftabletten war das so: Es war so schlimm, als mein Meerschweinchen gestorben war, an dem hing ich unbeschreiblich. Das war in diesem Jahr. Wir haben da Baldriantabletten rumliegen. Und wenn man die in Massen nimmt, kann man sich damit auch umbringen. Ich nehme ja abends immer zwei oder drei zum Einschlafen. An diesem Tag habe ich sechsundzwanzig Baldriantabletten auf einmal genommen. Zu mehr hatte ich dann aber keinen Mut mehr. Das hat keiner mitgekriegt. Ich war jedenfalls todmüde. Und am nächsten Morgen habe ich nur gedacht: Verrückt! Ich glaube nicht, dass ich das noch einmal machen werde.
Ich denke mir, dass man stirbt und dann doch in einer geistigen Welt weiterlebt. Das finde ich einfach unheimlich interessant, wie das da so ist. Ob es da keine Gewalt gibt und keine Drogen? Vielleicht so, wie ich mir meine Traumwelt vorstelle, nur Liebe und so.

Jugendliche neigen zu sexueller Gewalt

POTSDAM (dpa). Sexuelle Gewalt ist nach einer Studie der Universität Potsdam unter Jugendlichen weit verbreitet. Jede vierte der 304 befragten jungen Frauen gab an, mindestens einmal Opfer sexueller Straftaten geworden zu sein. Je rund sechs Prozent seien vergewaltigt oder Opfer einer versuchten Vergewaltigung geworden. Zudem sei die Gewaltbereitschaft bei männlichen Jugendlichen hoch: Drei Prozent der Befragten gaben zu, sexuell gewalttätig geworden zu sein oder mit Gewalt gedroht zu haben. 32 Prozent setzten sexuelle Interessen mit psychischem Druck durch.

Mainzer Allgemeine Zeitung, 4. 11. 1997

Großbritannien

Jedes fünfte Mädchen begeht Selbstmordversuch

Frankfurter Rundschau, 6. 4. 1998

Wenn ich so richtig Frust habe ...

Sabine, 14 Manchmal weiß ich gar nicht so genau, warum ich Frust habe. Das kommt manchmal aus heiterem Himmel. Dann steh ich morgens auf und weiß schon: Das ist nicht dein Tag. Und dann muss nur noch irgendjemand eine doofe Bemerkung machen, dann ist alles aus. Manchmal fühle ich mich einfach rundherum nicht wohl. Dann finde ich mich total hässlich, die Klamotten sind zu eng oder sehen so abgelatscht aus. Ich mag mich dann selber überhaupt nicht. Und meine Eltern verstehen das nicht. Nicht im Mindesten. Die kapieren nicht, dass ich das doch nicht extra mache, dass ich mich so beschissen fühle. Die könnten das doch einfach mal so hinnehmen, wie es ist. Ich kann doch nicht immer total gut drauf sein, das sind die doch auch nicht. Aber dann gibt es oft den totalen Zoff. Die meckern mich an und das lasse ich mir dann auch nicht gefallen und meckere zurück. Das Schlimme ist, dass die mich dann überhaupt nicht mehr beachten. Die tun so, als wäre ich Luft. Und dann sagt mein Vater immer so spöttisch: „Ach, das Fräulein ist wohl heute nicht so gut drauf!" Oooh, das ist so gemein und tut mir so weh.

> Ich bin keine Frau, die ihr Selbstbewusstsein aus dem Schwung ihrer Augenbrauen herleitet.
>
> Alice Schwarzer, deutsche Publizistin der Frauenbewegung

Margret, 10 Wenn es mir schlecht geht, ist es meistens, weil mein kleiner Bruder mich nervt. Ätzend. Aber traurig war ich auch sonst schon. Dann verkrieche ich mich in eine kleine Höhle aus Ästen und Zweigen, ganz nah im Wald. Da bin ich dann ganz allein. Manchmal sehe ich kleine Waldtiere, Vögel und Käfer. Einmal war vor mir auf der Erde ein ganz kleines Eichhörnchen. Das war so niedlich. Ich habe die Luft angehalten und gedacht: Ach, lieber Gott, lass das Eichhörnchen noch ganz lange vor mir spielen. Aber dann ist es doch weggelaufen. Ob Eichhörnchen auch traurig sein können?

Katharina, 11 Manchmal hänge ich ganz tief unten durch. Das liegt an meinem Körper, weil der viel zu dick ist. Und dann ist es so, als würde ich ganz tief runtergezogen, ich komme dann einfach nicht mehr klar mit mir. Meine Mutter sagt, ich wäre furchtbar schwierig, weil ich jetzt in der Pubertät wäre, und mein Vater meint nur, das wäre sicherlich normal. Mädchen in dem Alter wären alle schwierig. Ich möchte nur mal wissen, woher der das weiß. Ich finde mich eigentlich gar nicht schwierig. Meine Mutter könnte mich doch einfach mal verstehen. Ich verkrieche mich oft ins Bett. Da ist es so weich und warm wie in einem Nest. Und wenn dann noch meine Katze zu mir kommt, dann geht es mir schon etwas besser. Wenn ich meine Hand auf ihr weiches Fell lege, dann fängt sie an zu schnurren. Wie ein kleiner Motor. Hmmmmm. Das tut richtig gut.

Karin, 12 Wenn es mir mal nicht so gut geht, dann gehe ich unheimlich gern in die Badewanne. Und da schütte ich mir das teuerste Schaumbad rein, das zu Hause rumliegt und auch noch einige Spritzer von Mutters Parfüm oben auf den Schaum. Das riecht vielleicht gut. Dann stell ich noch das Radio an, so laut, dass ich das Klopfen an der Tür gar nicht erst höre, und dann steige ich ins Wasser. Da bleib ich so lange liegen, bis meine Haut ganz verschrumpelt ist. Als ich neulich aus dem Badezimmer rauskam, stand da meine ältere Schwester und keifte mich wütend an. „Ist was?", habe ich nur ganz cool gefragt und bin in mein Zimmer stolziert.

Sabine, 14 Wenn es mir mal so richtig schlecht geht, dann gehe ich joggen oder so was. Laufen, laufen, laufen. Bis alles vom Laufen her ganz automatisch geht, ich meine, dann spüre ich meine Beine nicht mehr und die Bewegungen und atme den ganzen Frust aus. Wenn dann auch noch die Sonne scheint und ich die Wärme auf meiner Haut spüre, dann geht es mir bald schon wieder besser. Außerdem liebe ich die Gerüche im Wald, die Erde und Pferde mag ich besonders. Da gibt es auch eine Pferdekoppel, an der lauf ich immer vorbei. Die Tiere sind so faszinierend. Leider habe ich noch nie auf einem Pferd gesessen. Ich kann mir das absolut cool vorstellen, wenn man mit dem Tier ganz wild durch die Wiesen und den Wald rennen kann. Vielleicht wäre das dann so was wie ein Formel-1-Rennen bei Männern. Auch so 'ne Art Geschwindigkeitsrausch. Nur, dass man es mit einem lebendigen Tier zu tun hat. Ich wünschte mir, dass ich ein Pferd hätte. Die sind auch so stark und zutraulich. Na ja, also, das mag ich. Manchmal setze ich mich auch auf ein Stückchen Wiese, das auf einer Anhöhe über dem Weg ganz geschützt zwischen den Bäumen liegt. Von da aus kann ich über das ganz Tal gucken. Das ist für mich so was wie meine Himmelshöhle. So nenne ich diese Wiese, es ist ja keine echte Höhle, weil man über sich Himmel sehen kann. Ich weiß auch nicht wieso, aber da fühl ich mich unheimlich gut. Da bleib ich oft ganz lange sitzen und beobachte, was alles so passiert. Wie die Pferde grasen und welche Menschen auf den Wegen spazieren gehen. Mich kann man kaum sehen, denn

Ein schönes Weib ohne Zucht ist wie eine Sau mit einem goldenen Haarband.
Sprüche Salomons

ich sitze gut versteckt. Neulich habe ich auch zwei Rehe gesehen. Ganz süß waren die. Ich musste richtig lachen, wie die sich aus einiger Nähe die Pferde angeguckt haben.
Meinen Freunden würde ich das aber nicht erzählen, die fänden das sicher albern. Nur meine beiden besten Freundinnen wissen das, mit denen kann ich wirklich über alles reden. Und ich finde, wenn ich über einiges geredet habe, fühle ich mich sofort besser. Das tut einfach gut, sich bei anderen einfach mal hängen zu lassen, und man hat das Vertrauen, dass die einen nie auslachen würden. Was andere normalerweise machen, wenn die Frust haben, weiß ich nicht so richtig. Viele drücken das einfach weg. Die Jungens werden da eher aggressiver, bolzen rum, es gibt auch welche, die dann andere anmachen. Die lassen ihren Frust an anderen aus. Mädchen verziehen sich eher. Einige nehmen auch irgendwelches Zeugs, damit sie ihren Frust nicht so spüren.
Nee, rauchen tue ich nicht. Ich war als Kind sehr krank, mit meinen Bronchien, ich hatte Asthma. Das ist wieder ziemlich gut. Aber ich hab damals keine Luft gekriegt. Es war furchtbar. Ich habe Angst, dass das wieder passieren könnte.

Der größte Feind des Rechts ist das Vorrecht.

Marie von Ebner-Eschenbach (1830–1916), österreichische Schriftstellerin

Claudia, 12 Wenn ich so richtig Frust habe, dann schließe ich meine Zimmertür zu und stelle die Musik so laut, dass es kracht. Meine Mutter hat dafür überhaupt kein Verständnis. Die ist sowieso total verzweifelt über mich, weil ich anders bin, als sie es sich wünscht. Die mag mich einfach nicht.

Wenn ein Vater kein Vater sein will, muss die Tochter doch eine Tochter sein.

Aus China

Melanie, 13 Ich tanze unheimlich gern. Wenn ich Frust habe, tanze ich bei lauter Musik, bis der ganze Frust draußen ist. Aber ich muss gestehen, dass ich hin und wieder auch Alkohol trinke. Das macht mich irgendwie leichter. Das kribbelt so schön im Bauch und mir geht es dann viel besser. Eierlikör trinke ich mal oder auch Apfelkorn. Meine Eltern trinken ja auch, ich meine, das sind keine Trinker. Aber abends trinken die immer Wein oder Bier oder so. Manchmal darf ich auch ein Schlückchen Sekt mittrinken. Aber der schmeckt mir nicht so gut.

Kristina, 15 Wenn ich das teilweise mitkriege, weswegen einige Mädchen Frust kriegen, da kann ich nur sagen, die spinnen total! Vielleicht ist die eine Brustwarze zwei Millimeter größer als die andere oder die Pobacken schlackern beim Gehen. Nee, jetzt mal ehrlich. Manchmal nehmen viele irgendetwas, was sie an sich nicht gut finden, und sagen dann, das ist jetzt mein Frust! Ich bin zu dick! Ich bin zu breit! Oder so was. Aber der Frust sitzt echt ganz woanders. Im Herzen nämlich. Die müssen sich erst einmal darüber klar werden, dass die ihren Frust nur verschieben. Vom Herzen auf den Pickel und dann ist der Pickel schuld. Ich habe Frust, wenn mir manchmal so alles zu viel wird, dass ich denke, dass ich es nicht schaffen kann. Die Schule, der Beruf. Der Udo Blindenzwerg, entschuldige, darf ich das hier so sagen? Also, ich meine den Udo Lindenberg, der hat mal so 'n Lied gesungen: „Hinterm Horizont geht's weiter!" Da steht meine Mutter total drauf. Ich finde den eigentlich nicht so toll, aber das stimmt ja – irgendwie geht's schon weiter. Muss ja.

Ich bin keine Femme fatale, sondern eine Femme banale.

Marianne Sägebrecht, deutsche Schauspielerin

Manchmal habe ich auch Frust. Dann reiß ich mich total zusammen. Ich weiß, wenn ich mich jetzt hängen lasse, dann ist alles zu spät. Da bist du so tief drin in dem Loch, da kommst du so schnell nicht wieder raus. Und das Schlimmste hinterher ist ja, du fühlst dich echt beschissen. Also, ich krieg da manchmal meinen Aufräumfimmel. Ich fange an, mein Zimmer aufzuräumen, die Lippenstifthüllen zu polieren, den Kleiderschrank auszumisten. Action, irgendetwas mit Action muss da ablaufen. Vielleicht lauf ich auch mal 'ne Runde um unseren Häuserblock oder renne in den Wald und schreie mal kräftig.

Ehemals verlangte man nur, dass die Mädchen schön wären,

heutzutage auch noch, dass sie gescheit aussehen sollen.

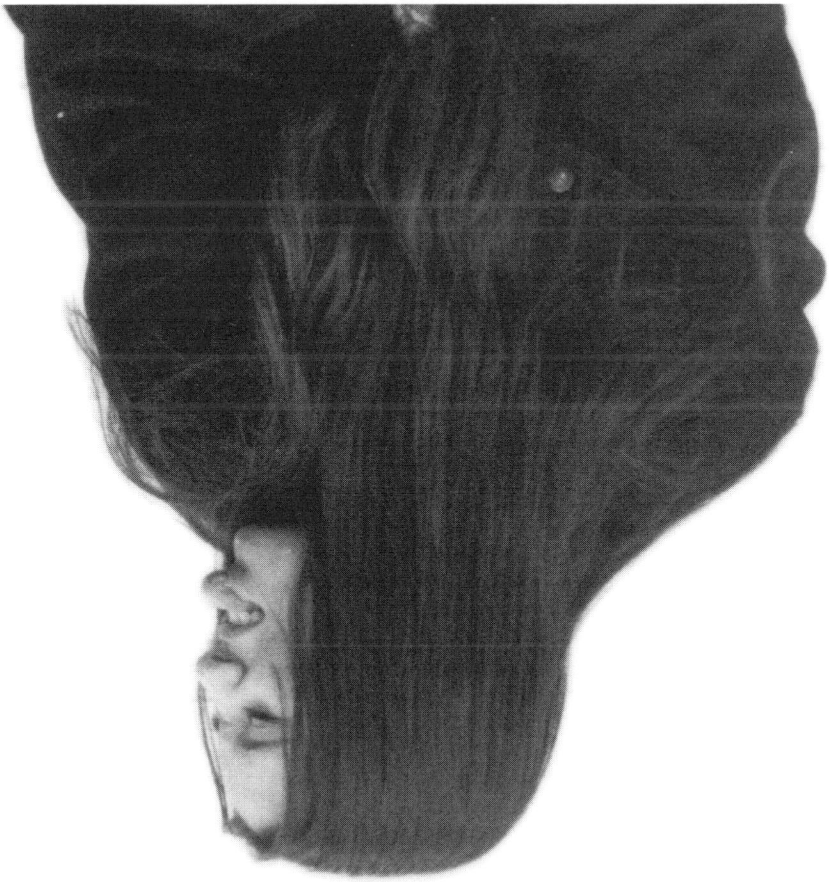

Georg
Christoph
Lichtenberg
(1742-1799),
deutscher
Schriftsteller
und Physiker

Aber ich habe dann doch Angst, dass mich jemand hören könnte. Wenn ich nichts mache, sack ich ab. Und wenn ich aufgeräumt habe, fühle ich mich hinterher in meinem Zimmer viel wohler. Dann kauf ich mir auch schon mal 'ne Blume und dann sieht die Welt gleich viel freundlicher aus.

Gitte, 15 Früher hatte ich ja so viel Frust, weil mich meine Mutter nie so akzeptiert hat, wie ich bin. Manchmal habe ich dann heimlich Alkohol getrunken. Meine Eltern trinken ja auch Alkohol, beim Essen oder abends mal Wein oder Bier.
Was ich mir mal wünsche, das wäre ein toller Freund. Mit toll meine ich, dass er mich lieb hätte und absolut zuverlässig wär. Ich hatte mal einen, aber das ist schon wieder auseinander. Da habe ich mich richtig rumkriegen lassen. Das habe ich aber erst viel später gemerkt. Im letzten Jahr sind wir kurz zusammen gegangen und ich war glücklich, jemanden zu haben, mit dem man einfach schmusen konnte und so. Er war auch sehr zärtlich. Aber dann ist es halt passiert. Wir waren abends bei uns allein. Der hatte ja schon so viel Erfahrung, weil er schon 18 Jahre alt war. Ja, und dann ist es eben passiert. Eigentlich wollte ich das gar nicht. Aber ich wollte nicht nein sagen, ich hatte Angst, dass es dann vorbei wäre. Es war eigentlich gar nicht so schön, weil ich so viel Angst hatte. Er hat dann auch gar keine Rücksicht genommen und das hat mir sehr wehgetan. Hinterher kam ich mir ganz schäbig vor. Ich habe mich so geschämt. Ich kam mir vor wie benutzt. Er hat überhaupt keine Rücksicht genommen. Und dann war es doch vorbei. Weil ich mich plötzlich vor ihm richtig geekelt habe. Und jetzt geht er schon wieder mit der Nächsten. Der hat mich überhaupt nicht geliebt. Ich hatte ja auch keine Verhütungsmittel und nichts. Da hat er überhaupt nicht drauf geachtet. Und ich habe mich nicht getraut, was dagegen zu sagen. Und jetzt ist es doch vorbei. Gut, dass nichts passiert ist. Mir wird richtig übel, wenn ich daran denke, dass ich hätte schwanger werden können. Gut, dass die Eva da war. Ich habe mich bei ihr völlig ausgeheult. Und sie hat mich ganz festgehalten. Ich glaube, ich habe noch nie in meinem Leben so geheult. Da kam so viel raus. Mein ganzer Körper hat gezittert. Und die Eva hat mich einfach festgehalten und mir immer den Rücken gestreichelt.

Marie, 12 Also, in unserem Alter gibt es Mädchen, die schon rauchen. Eine hab ich mal gefragt, ob sie raucht, da sagte sie: „Nee, nee. Ich habe schon lange aufgehört. Das ist doch total ungesund."

Die Gesellschaft verwechselt die freie mit der leichtsinnigen Frau.

Simone de Beauvoir (1906–1986), französische Schriftstellerin

Auch in Erwartung des Geliebten soll man nicht die ganze Nacht hindurch am Spinnrad sitzen.

Aus Korea

Also, das Mädchen raucht schon, um anzugeben. Da war mal ein Junge, der raucht einfach nur so, der hat 'ne Mutter, die denkt immer, er wär so 'n braver Junge, die würde nie denken, dass er raucht. Das wär doch dann auch die totale Enttäuschung für die Mutter, wenn die das erfährt. Das ist doch total hintenrum.

Kathi 12 Da ist so 'ne Clique, und die geben damit voll an, dass sie rauchen. Ich selbst hab noch nie geraucht, das heißt, ich hab es einmal versucht, mit Kaugummipapier, aber das habe ich gleich wieder ausgespuckt.

Wir hatten mal in unserem Sprachbuch so eine Bildergeschichte über Drogen und so, und dann haben wir auch über Zigaretten und so was geredet. Dass da jemand kommt und dich unter Druck setzt und sagt: „Oh, du bist aber feige, du rauchst ja gar keine." Der ist ja selber feige. Der raucht wahrscheinlich, weil die anderen ihn sonst nicht akzeptieren würden und er dann ausgestoßen würde. Der ist er selber feige, der hat ja keine eigene Meinung. Meine Mutter hat früher auch mal geraucht, weil ihr langweilig war, abends. Und da hat sie immer beim Bücherlesen geraucht. Und am nächsten Tag hatte sie Aschegeschmack im Mund, und dann hat sie damit aufgehört. Sie hat sich gefragt, warum mache ich das eigentlich? Danach hat sie eigentlich nie mehr geraucht. Okay, sie hat mal 'ne Zigarette von meiner Tante angenommen, aber mehr auch nicht.

Drogen werden zum Beispiel dann genommen, wenn der Freund ein Mädchen vergewaltigt hat, das passiert ja auch öfters. Dann fühlen sie sich total schlecht und versuchen das zu vergessen. Die geben total viel Geld aus, um irgend so 'ne Minipille zu kriegen. Dann fühlen sie sich 'ne Zeit gut, aber danach kotzelend. Die Freunde von meiner Schwester haben auch eine Zeit lang gekifft und haben sich auch Hanf gezüchtet. Die haben dann aber auch damit aufgehört, die Eltern haben die wohl zur Vernunft gebracht.

Das Hauptproblem bei einem ist halt, dass bei ihm der Vater gestorben ist. Bei dem anderen ist der Vater ins Gefängnis gekommen, weil er die Mutter von ihm umgebracht hat. Dann musste er zu seiner Tante und zu dem Onkel. Das konnte der einfach nicht überwinden. Da gab es ja auch mal einen Fall, da hat sich einer nur wegen einem schlechten Zeugnis, aus Angst vor zu Hause, auf die Schienen geschmissen. Ich hatte auch schon mal das Gefühl, o Mann, jetzt wärst du am liebsten tot, jetzt würdest du dich gern irgendwo hinlegen und sterben, aber hinterher frage ich mich, was hast du dir nur dabei gedacht? Außerdem liegen mir meine Eltern und meine Schwester doch am Herzen. Ich will auch nicht unter Schmerzen sterben. Wenn ich mal älter bin, will ich ganz normal sterben.

Jungen
werden bei Misserfolgen
ermuntert, es nochmal
zu versuchen.
Mädchen werden getröstet.

Friedl Schreyögg

Also, ich kann Rauch nicht ab ...

Sandra, 12 Also, ich kann Rauch nicht ab. Das stinkt doch total. Mein Vater hat früher auch geraucht, aber wir haben es ihm abgewöhnt. Ich und meine Schwester. Wir konnten das einfach nicht vertragen. Und dann hat er wirklich irgendwann damit aufgehört. Alkohol trinke ich auch nicht. Letztens durfte ich zwar mal ein Schlückchen Wein mittrinken oder ein halbes Glas Federweißer. Manchmal darf ich auch Sekt trinken.

Marie, 12 Ich habe mir vorgenommen, nie zu rauchen. Die rauchen doch, weil die unbedingt cool sein wollen, die wollen dazugehören, dabei sein. Ich finde das überhaupt nicht gut, wenn man nur raucht, um bei den Großen dabei zu sein: „Ja, ich gehör ja auch zu euch!" Viele wollen vielleicht eigentlich gar nicht rauchen, aber auch die Freunde nicht verlieren. Das finde ich so doof. Klar kann so eine Gruppe jemanden ganz schön unter Druck setzen. Ich denke halt, lieber diese so genannten „Freunde" verlieren und dafür ein paar Jährchen länger leben.
Bei uns in der Schule, da war das Thema Drogen mal ganz groß in Mode. Die werden da auch gehandelt. Einmal ist ein Mädchen auch wegen Drogen von der Schule geflogen. Die nehmen die halt, weil sie sich dann besser fühlen, dann sind sie noch cooler, dann gehören sie richtig zur Clique. Viele haben halt Probleme und werden damit nicht fertig. Zum Beispiel mit den Eltern oder in der Schule.

Nadine, 16 Wenn ich mal 'ne Runde heule, dann geht es mir oft entschieden besser. Aber ich will dann ganz allein sein. Viele Erwachsene glauben ja, dass Mädchen das immer bewusst einsetzen, wenn sie heulen. Gerade deswegen will ich nicht vor anderen heulen. Ich will das ganz allein mit mir ausmachen. Klar ist das auch schön, von anderen getröstet zu werden, aber zu demjenigen oder derjenigen müsste ich ein ungeheures Vertrauen haben. Früher war ich viel offener, habe viel eher über meine Probleme geredet, aber hinter meinem Rücken wurde darüber getratscht und gelacht. Nein, heute bin ich am liebsten mit mir allein.

US-Studie

Enge Beziehung zu Eltern hilft durch Jugendjahre

Chicago, 9. September (dpa). Nicht gleichaltrige Freunde, sondern die Eltern bieten Teenagern den größten Halt gegen die Risiken der Jugendjahre. Eine funktionierende familiäre Bindung bewahrt Heranwachsende am ehesten vor Alkohol- und Drogenkonsum, früher Schwangerschaft, Depressionen, Selbstmord und Gewaltanwendung. Zu diesem Ergebnis kommt die größte und umfassendste Studie an amerikanischen Teenagern, die "National Longitudinal Study of Adolescent Health". Richard Udry und Kollegen von der Universität von North Carolina in Chapel Hill veröffentlichen die Daten von 90 000 US-Teenagern aus den Klassen sieben bis zwölf im Journal der Amerikanischen Ärztegesellschaft (Jama) vom Mittwoch.

Auch im Negativen werden Eltern demnach zu Vorbildern: Jugendliche aus Familien, in denen geraucht und getrunken wird, griffen meist selbst irgendwann zu Tabak und Alkohol, ergab die Studie. Danach pafft jeder vierte US-Teenager, jeder sechste trinkt mehr als einmal pro Monat Alkohol, und jeder dritte hat schon einmal Marihuana ausprobiert. Wer in einem Haushalt mit einer Waffe aufwächst, schrecke weniger als andere vor Gewalt zurück, heißt es im Jama.

Sich wohl zu fühlen in der Schule, im Umgang mit Lehrern und Gleichaltrigen ist eine andere Voraussetzung für eine leichte Jugend, fanden die Psychologen. Faktoren wie die Klassengröße und die Zensuren haben weniger Einfluss. Den Eltern empfehlen die Experten, sich Zeit für ihre Teenager zu nehmen, oft und offen mit ihnen zu sprechen und ihnen viel zuzutrauen.

Frankfurter Rundschau, 10. 9. 1997

Sylvie, 19 Ich habe auch Drogen genommen, aber das war nicht so wild. Wir haben mal gekifft und Alkohol getrunken. Und dann auch Muskatnuss geraucht. Das habe ich von der Religionsstunde. Wir saßen im Religionsunterricht und unsere Lehrerin hat von jemandem erzählt, der dieses Pulver geraucht hat. Und das haben wir auch mal ausprobiert. Es war ein ganz komisches Gefühl. Eine Zeit lang habe ich auch Haschisch und so was geraucht. Aber heute nehme ich keine Drogen mehr außer Alkohol und Zigaretten. Ich bin froh, dass wir mit den Drogen aufgehört haben. Das war auch Zufall. Denn wenn ich damals an die falschen Leute geraten wäre, hätte ich sicher auch härtere Sachen probiert. Ich hatte Glück, dass mir keiner von denen über den Weg gelaufen ist. Bei meinen Depressionen hätte ich das sicher gemacht. Das geht schnell. Damals war ich so vierzehn, fünfzehn Jahre alt. Heute würd ich noch nicht mal mehr kiffen, da habe ich die totale Abscheu dagegen.

Reden? Mit meinen Eltern?

Katharina, 11 Ich weiß nicht. Manchmal weiß ich überhaupt nichts mehr. Ich möchte mit meinen Eltern gerne reden. Aber ich traue mich nicht. Vielleicht, weil ich so dick bin und sich meine Eltern sicherlich eine andere Tochter gewünscht haben. Vor allem mein Vater, da weiß ich das ganz genau. Der guckt mich immer so komisch von der Seite an, als hätte ich ein Verbrechen begangen. Und meine Mutter tut so, als wäre nichts. Dabei spüre ich ganz genau, dass sie was merkt. Ich sprech sie nicht an. Ich weiß auch gar nicht, worüber ich mit ihr reden sollte, und bevor mich was nervt, bin ich lieber allein.

Claudia, 12 Reden! Mit meinen Eltern? Geht nicht. Die meckern bloß. Wenn ich wirklich mal ein Problem hätte, würde ich nie zu denen gehen. Die würden dann ja doch nur auf mir rumhacken.

Gabriele, 15 Ja, mit meinen Eltern kann ich eigentlich schon reden, die sind ganz okay. Aber ich finde, alles müssen die auch nicht wissen. Ich habe für verschiedene Probleme auch verschiedene Gesprächspartner. Das hängt vom Vertrauen ab. Da bin ich schon sehr vorsichtig, bevor in der ganzen Stadt rumposaunt wird, dass ich vielleicht Flöhe habe oder so was. Also, ich hatte noch keine und habe auch keine, das sollte nur ein Beispiel sein.

Sabine, 14 Eigentlich kann ich ganz gut über mich reden, bei meinen beiden Freundinnen. Da traue ich mich auch alles zu sagen, weil ich weiß, dass die nie über mich lachen würden. Da kann ich alles rauslassen. Auch das letzte Fitzelchen. Die haben mich noch nie in die Pfanne gehauen. Meine Eltern sind irgendwie Eltern, ich meine, die haben nie Zeit. Die würden meine Probleme auch nie richtig verstehen.

Olivia, 13 Am besten konnte ich immer mit meinem Opa reden. Klingt etwas doof, aber das war ehrlich so. Meine Eltern arbeiten und kommen abends immer ziemlich groggy nach Hause. Die müssen Geld verdienen. Das verstehe ich ja. Deswegen mache ich viel mit mir alleine aus. Ich bin ziemlich viel allein. Wenn ich mittags aus der Schule komme, mach ich mir das Essen warm oder schieb mir eine Pizza in den Ofen. Manchmal kommt auch 'ne Freundin mit oder 'n Freund. Manchmal gehen wir auch nach der Schule in den Supermarkt und kaufen uns irgendwas. Chips oder so. Schade, dass mein Opa tot ist.

Nadine, 16 Also, zu meiner Mutter könnte ich eigentlich immer gehen. Vieles mach ich mit mir selber aus oder gehe zu Freundinnen. Aber einfach das Gefühl, dass ich immer zu ihr gehen kann, das ist schon toll. Und gut ist halt, dass wir BEIDE über eine Sache reden, das heißt, sie akzeptiert total meine Meinung und versucht nur, mir Ratschläge zu geben. Das hat mir schon oft geholfen, weil sie nicht besserwisserisch ist oder später, wenn ich Fehler gemacht habe, ankommt und sagt: „Na, was habe ich dir gesagt!" Ich kann wirklich mit ihr über Fehler reden und sie würde mir auch immer helfen.
Der Nachteil ist, dass sie vieles von heute nicht weiß. Sie interessiert sich halt nicht so für die Musik und überhaupt, was Jugendliche so denken. Ich glaube, sie würde zusammenbrechen, wenn sie wüsste, was in der Schule alles so läuft, mit Drogen und so. Teilweise erzähle ich ihr das gar nicht, weil sie sich das nicht so vorstellen kann. Sie glaubt immer sehr an das Gute in der Welt. Aber es ist schon ganz okay so. Mit meinem Vater rede ich eher über Schularbeiten, manchmal auch Politik. Aber nicht so über Gefühle oder Schminken. Und erst recht nicht über Probleme mit meinem Freund. Dafür ist mein Vater einfach zu eifersüchtig.
Aber so unterm Strich kann ich auch nicht über ihn meckern.

Mit Töchtern kann man Staat, mit Söhnen Ehre machen

Aus Russland

Marie, 12 Ich fühle mich wohl, wenn ich gut aussehe, alles gut zusammenpasst, wenn ich einfach einen guten Tag habe. Und wenn ich mich mit meiner Mutter gut verstehe, dann fühle ich mich immer wohl. Die hört immer zu. Und wenn es mir nicht so gut geht, dann fragt sie halt: Was können wir dagegen tun und so. Und dann freut sie sich auch mit mir, sie lebt richtig mit.

Sandra, 12 Ich kann mit meinen Eltern und mit meiner Schwester gut reden. Es gibt ja immer verschiedene Probleme, dann suche ich mir aus, mit wem ich reden will.

Eine Frau zu sein ist eine
schrecklich schwierige Aufgabe,
weil sie es vor allem mit Männern
zu tun hat.

Joseph Conrad (1857–1924),
englischer Schriftsteller

Kathi, 12 Ich fühle mich wohler, wenn ich mit meiner Mutter reden kann. Mein Vater ist halt nicht so oft zu Hause. Das ist schon irgendwie ein bisschen komisch, wenn man dann mit ihm redet. Der wird auch schneller sauer, weil er nicht so ganz meine Probleme versteht. Er ist halt schon sehr viel älter als ich. Vielleicht hat er dann auch manche Sachen wieder vergessen, aus seiner Jugend. Mit meiner Schwester kann ich überhaupt nicht reden. Die lacht immer nur über mich, die ist jetzt fünfzehn geworden. Ich kann eigentlich nur so richtig mit meiner Mutter reden. Aber da trau ich mich auch manchmal nicht, weil ich dann denke, die lacht sich innerlich eins ins Fäustchen. Aber meistens rede ich dann doch mit ihr.
Da war mal einer, der hat gesagt, ich würde mir unten am Bahnhof mit den Pennern Drogen spritzen, das hat nicht gestimmt. Ich hab

das dann meiner Mutter gesagt und sie hat bei der Mutter von dem Jungen angerufen. Dann ging's auch erst einmal 'ne Zeit lang gut. Aber jetzt geht es nicht mehr so gut. Dann red ich mit meiner Mutter drüber. Sie sagt dann immer, wenn das soundso viele Male passiert, rufe ich da wieder an. Meine Mutter ist für mich wie die allerbeste Freundin auf der Welt, aber auch wie 'ne Mutter. Warum der Junge so was über mich erzählt, das weiß ich nicht. Der mag mich halt nicht. Der sagt auch „fette Sau" zu mir, obwohl der selbst überhaupt nicht dünn ist. Dann sagt der auch „Hängebauchschwein" und so was. Dabei hat der ja selbst 'nen dicken Bauch. Wahrscheinlich sagt er das, damit er sich selbst besser fühlt: „Endlich ist da jemand, der ist ein bisschen dicker als ich. Endlich kann ich jemanden auslästern. Und die kann sich nicht wehren." Also, ich kann mich schon wehren, aber richtig trau ich mich nicht.

Marie, 12 Also, ich finde das so unfair, dass dieser Typ über die Kathi sagt, sie wär ein „Hängebauschwein". Die Kathi ist vielleicht ein bisschen anders, weil sie etwas dicker ist, aber sie ist total nett. Und das verletzt doch so unheimlich, wenn einer sagt: „Du bist aber fett! Du siehst aber schlecht aus!"

Kristina, 15 Reden ist kein Problem, kann ich. Manchmal sogar viel zu viel. Dann ärger ich mich, dass ich irgendwelchen Vollidioten etwas von mir erzählt habe, was die eigentlich gar nichts angeht. Ich bin auch viel zu offen, viel zu vertrauensselig. Aber so echte Intimitäten erzähl ich nur meiner besten Freundin und meiner Mutter. Je nachdem. Nee, meiner Mutter erzähle ich nicht alles, könnte ich aber. Sie weiß das und meint, es wäre auch wichtig, wenn ich meine Geheimnisse hätte.

Nadine, 16 Meine Erziehung war, glaube ich, ganz normal. Oder nee. Stimmt eigentlich gar nicht. Sie war eben nicht normal, wenn ich manchmal mitkriege, was bei Freundinnen so läuft. Mit meinen Eltern kann ich immer gut reden und meine Mutter hat sehr darauf geachtet, dass ich bloß nicht in so eine Schickimicki-Laufbahn abdrifte, sondern was für die Schule tue. Ich habe nämlich mal Fotos gemacht für Werbung und so. Damit war sie dann auch noch gerade einverstanden. Sie sagt immer: „Okay, kannst du machen, wenn in der Schule alles in Ordnung ist." Ich mache heute immer noch Fotos, aber seltener, es bleibt sonst so wenig Zeit für mich. Seitdem ich in der Pubertät bin, hat sich das Verhältnis zu meinem Vater sehr verändert. Der guckt mich ganz anders an, wie ich mich entwickle und so. Der war völlig dagegen, dass ich Werbefotos mache. Aber meine Mutter meint halt: „Du kannst Nadine doch nicht einsperren." Mein Vater nimmt mich auch nicht mehr so in den Arm wie früher. Teilweise führt er mich richtig vor, ich meine, er ist stolz, dass ich so gut aussehe. Und wenn andere kommen, vor allem Freunde von ihm, dann schäkert der plötzlich so ganz komisch mit mir rum. Total aufgesetzt. Das finde ich ungeheuer peinlich. Und dann ist was ganz Schlimmes passiert. Ich hatte so ein Freundschaftskettchen von meinem Freund. Das war aus Silber, und er hat seinen Namen eingravieren lassen. Dieses Kettchen war jedenfalls plötzlich verschwunden. Ich habe alles abgesucht, aber habe es nicht gefunden. Eines Tages habe ich mir Schreibpapier aus dem Schreibtisch meines Vaters geholt, und da stand so ein kleines Kästchen. Neugierig, wie ich war, habe ich das Kästchen geöffnet und da lag doch tatsächlich mein Freundschaftskettchen drin. Ich war völlig sprachlos. Wie konnte mein Vater mir das Kettchen wegnehmen? Ich war so was von wütend und empört! Ich habe es einfach rausgeholt und getragen. Vor seinen Augen. Mein Vater hat kein Wort darüber gesagt. Wir haben nie darüber gesprochen, aber ich habe zu ihm kein Vertrauen mehr. Wie konnte er mir nur so wehtun? Erst langsam wird mir klar, dass er total eifersüchtig auf meine Freunde ist. Und öfters habe ich auch schon gemerkt, dass er mich wie seinen Besitz behandelt. Er ist unheimlich streng, wenn ich weggehen will, und ich habe auch schon gesehen, dass er hinter der Gardine steht und guckt, wer mich nach Hause bringt. Dann meckert er dauernd mit mir rum: „Pass bloß auf, dass du mir kein Kind nach Hause bringst." Meine Mutter versucht ihn dann immer zu beruhigen. Ich meine, sonst ist der ganz in Ordnung, ich kann auch manchmal wirklich gut mit ihm reden. Aber diese Eifersucht ist schon total bescheuert.

Marie, 12 Wenn ich mal 'ne Fünf oder Sechs in Mathe schreiben würde, könnte ich auf jeden Fall nach Hause gehen und sagen:

„Hier, ich habe 'ne Sechs geschrieben, und vielleicht ist das auch nicht ganz mein Tag." Dann würden meine Eltern mir helfen. Die schlagen mich auch nicht oder so was. Ich finde das total schlimm, wenn Eltern Kinder schlagen. Kinder tun ja eigentlich das, was sie können. Die schreiben doch nicht extra eine schlechte Note. Ich kenne schon Kinder, die geschlagen werden, oder es gibt Hausarrest. Also, ich versuche auch, nicht gleich loszuheulen. Dann kann man nämlich überlegen, wo lag das Problem. Ich finde die Eltern sollten einen auch viel mehr ermuntern und ermutigen. Meine Mutter und mein Vater sagen dann auch manchmal: „Das kannst du total gut!" Die loben mich auch und ermuntern mich, da weiterzumachen. Und wenn ich Probleme habe, dann setzen wir uns zusammen und reden darüber, wie man das ändern kann und wie sie mir helfen können.

Kathi, 12 Ich kenne jemanden, der hat für ein paar Wochen Hausarrest bekommen, nur wegen schlechter Noten. Ich bin auch mal mit Fünfen angekommen, da haben meine Eltern mich total angemotzt. Ich bin auch schon heulend nach Hause gekommen. Dann kriegen meine Eltern Mitleid, aber man kann ja nicht immer heulen. Da hab ich auch schon den totalen Anschiss gekriegt. Jedenfalls würde ich nicht monatelang Hausarrest bekommen, es wird mir auch nicht mit dem Rohrstock auf den Hintern gehauen.
Wenn ich mich mal dringend verabredet habe, dann kann ich schon mit meiner Mutter darüber reden, wann ich die Schularbeiten mache. Einen Teil sofort und den anderen halt abends, egal, wie lange ich daran noch sitzen muss. Obwohl es dann auch nicht später als zehn Uhr werden darf. Da schreibt mir meine Mutter schon mal eine Entschuldigung: „Meine Tochter konnte die Schularbeiten nicht fertig machen, weil sie etwas Wichtiges vorhatte", oder so. Aber das ist die totale Ausnahme.
Neulich, da habe ich versucht, den Ohrring reinzukriegen. Ich hatte lange Zeit keinen getragen und das Ohr hat geblutet und geblutet. Da hat mich meine Mutter getröstet, hat zu mir gesagt, komm, wir gehen runter und machen das mal sauber und ich helfe dir, einen neuen Ohrring reinzumachen. Die kriegen auch raus, was ich an mir nicht leiden kann, und reden auch von selber mal darüber.

Hinfallen kann jeder. Worauf es ankommt, ist wieder aufzustehen.

Sandra, 12 Ich habe eine Freundin, die ist sehr verwöhnt. Da sagen die Eltern ganz selten mal, du darfst erst nach draußen, wenn du mit den Hausaufgaben fertig bist oder so. Das ist aber die Ausnahme. Ich muss immer erst die Hausaufgaben machen. Wenn die für die nächste Woche sind, schieb ich die schon mal weg, wenn ich was vorhabe. Ich finde das aber wichtig, dass die Eltern darauf achten sollen, dass die Kinder erst einmal die Hausaufgaben machen.

Mangel an Zeit führt zu Lieb- und Leblosigkeit.

Momo, Romanfigur von Michael Ende

Kristina, 15 Meine Mutter ist Spitze. Die hat mich immer alleine erzogen. Der Alte hatte sich irgendwann verkrümelt. Aber die hat das gepackt, echt. Die hat gerackert und geschafft, damit ich 'ne Ausbildung kriege, ich gehe ja immerhin aufs Gymnasium. Da hat die drauf geachtet, die sagte immer, dass Frauen heute immer noch besser sein müssen als Männer. Und dann hat sie dafür gesorgt, dass ich lerne, mich zu wehren. Die hat mich in Selbstverteidigungskurse gescheucht, da war ich erst zehn Jahre, obwohl ich erst gar keinen Bock darauf hatte. Ich war weitaus die Jüngste und fand das alles schrecklich peinlich, ich meine, den Trainern voll zwischen die Beine treten zu müssen. Aber das hat alles mein Selbstbewusstsein gestärkt. Ich wusste, ich kann im Notfall zutreten und schreien. Viele Mädchen können das ja gar nicht. Ich glaube, die würden noch nicht mal so laut wie ein Kanarienvogel piepsen, wenn sie echt angemacht würden. Also, das hat meine Mutter schon hingekriegt. Die feuert mich regelrecht an: „Lass dich nicht unterkriegen! Beiß die Zähne aufeinander. Lass dir nicht einreden, dass Mädchen schwach sind!" Echt, das nervt mich auch manchmal. Aber ich glaube, dadurch habe ich unheimlich viel Selbstbewusstsein gekriegt und ich weiß auch, dass ich das irgendwo packen werde. Ich bin ziemlich selbständig und sage meine Meinung. Das ist doch schon mal was.

Wir sind nicht nur
verantwortlich für das,
was wir tun,
sondern auch für das,
was wir nicht tun.

Sylvie, 19 Meine Eltern waren eigentlich immer für mich da, wenn ich reden wollte oder auch wenn ich nicht reden wollte. Über viele Dinge wollte ich mit meinen Eltern gar nicht reden. Über die Schule und so, das war in Ordnung. Aber was mir wirklich sehr nah war, so ganz tiefe Probleme, die habe ich mit mir selbst abgemacht. Als es mir sehr schlecht ging, habe ich auch mit meiner Mutter geredet. Aber sie hat sich dann so in die Probleme reingesteigert, dass es ihr schlecht ging, weil es mir auch schlecht ging. Das konnte für mich keine Hilfe sein. Ich habe dann eine Gesprächstherapie begonnen, und das hat sehr geholfen. Diese Gespräche sind halt noch besser, als würde ich mit einer Freundin reden, weil sie die Distanz zu mir hat. Und dass man nicht noch Angst haben muss, dass sie sich auch noch Sorgen um einen macht. Ich hatte wahnsinnige Depressionen, da war vorrangig die Angst vorm Tod. Ich habe erst einmal Medikamente bekommen, damit ich ruhiger wurde und mich stabilisieren konnte. Und mit der Zeit haben wir die Medikamente wieder abgebaut. Die Gespräche haben mir so geholfen, dass es mir heute sehr gut geht. Ich bin da rausgekommen. Heute habe ich auch selber die Kraft, wenn ich absacke, mich wieder herauszuholen.

Das erste Mal verliebt – das war ja ganz furchtbar

Nadine, 16 Das erste Mal, als ich so richtig verliebt war, da war ich zehn Jahre alt. Da habe ich vielleicht Hummeln im Bauch gehabt! Der Junge war sehr zurückhaltend und guckte immer so lieb. Das hat mich total angemacht. Der hatte so schöne weiche Haare und nicht so eine Stachelfrisur. Ich mag das überhaupt nicht, wenn die so kurz geschoren sind. Jedenfalls bin ich immer rot geworden, wenn er mich anguckte. Er hat mir dann einen kleinen Liebesbrief geschrieben, ich wäre das tollste Mädchen aus der ganzen Klasse und so weiter. Ich bin völlig ausgeflippt und dann haben wir uns an einem Waldrand getroffen und uns auf eine Bank gesetzt. Wir haben uns die ganz Zeit nur über Sonnenuntergänge unterhalten. Ausgerechnet über Sonnenuntergänge! Als Zehnjährige! Echt bescheuert. Und unsere Hände haben sich „durch Zufall" immer wieder berührt, bis wir schließlich Händchen haltend auf der Bank saßen. Mir ist es so heiß geworden. Das war, als hätte mich eine Hitzelawine überrollt. Dann hat er einen Arm um mich gelegt und mir einen Kuss auf mein Haar gegeben. Ich weiß noch wie heute, dass ich meine Schultern fest hochgezogen hatte und mein ganzer Körper kribbelte. Dann sind wir nach Hause gegangen, aber getrennt. Wir hatten Angst, dass uns irgendjemand sehen könnte, denn dann hätten die mit Sicherheit über uns getratscht. Und das wollten wir nicht. Wir haben uns dann noch ein paar Mal gesehen, aber immer waren andere dabei und das war's dann auch schon. Warum ich so verliebt war, weiß ich heute gar nicht. Das Gefühl war ganz plötzlich wieder weg. Vielleicht störte mich an ihm, dass er ein bisschen langweilig war.

Sag's ihr

mit Schmus!

Henry Fonda (1905–1982), amerikanischer Schauspieler

Marie, 12 Verliebt war ich zum ersten Mal, als ich in die fünfte Klasse ging. Da war ein Typ, der war unheimlich süß. Die Augen, wie der mich anguckte! Später hat sich herausgestellt, dass er mich auch so ein bisschen mochte. Dann habe ich meine Freundin gefragt: „Könntest du den vielleicht fragen, wie er mich findet?", und dann sollte sie ihn fragen: „Würdest du vielleicht mit der Marie gehen?" Und dann hat er „Auf jeden Fall" gesagt. Da dachte ich mir: Oh, das heißt ja schon mal was Gutes. Und dann waren wir halt zusammen.

Wie doch Freude und Glück einen Menschen schön machen.

Fjodor
Dostojewski
(1821–1881),
russischer
Schriftsteller

Meine Freundin und sein Cousin waren auch zusammen und wir haben uns zu viert verabredet und so Spiele gespielt. Wahrheit oder Pflicht – das Übliche. Mein Freund wollte das nicht. Wir haben es aber trotzdem gespielt. Tja, und dann sind wir gegangen. Verabredet haben wir uns nicht mehr. Ich habe ihn immer gefragt, ob wir nicht ins Kino gehen wollen oder uns sonst wie verabreden wollen. Aber immer habe ICH gefragt. Und nach einer Zeit hat's mir dann gestunken. Ich habe ihn eines Tages gefragt: „Liebst du mich überhaupt noch? Du willst nie etwas mit mir machen." Und dann sagte der: „Nee, ich habe nur keine Zeit." Aber später habe ich meine Freundin gebeten, ihn mal zu fragen, ob er mich denn noch liebt. Und er sagte: „Nee, wir sind doch gar nicht mehr zusammen." Da habe ich mich wahnsinnig drüber aufgeregt. Ich habe ja immer gefragt und er hat nie was gesagt. Total blöd, ja? Das hat mich total verletzt. Aber da ist jetzt so ein Junge, der geht zwar leider in die Fünfte, aber der ist schon etwas entwickelter als die anderen. Der ist so 'n bisschen klein und hat vorn so eine blonde Strähne. Deshalb habe ich ihn auch Streifenhörnchen genannt. Der ist auch total süß, der lächelt mich immer so an. Und mit dem verstehe ich mich eigentlich ganz gut. Da bin ich echt gespannt, ob das was wird. Man weiß ja nie.

Nur Narren wollen gefallen; der Starke will seine Gedanken geltend machen.

Kristina, 15 Als ich das erste Mal verliebt war, das war ja ganz furchtbar! Ich konnte nichts essen, ich konnte nicht schlafen. Ich habe nur immer aus dem Fenster geguckt, ob ER vielleicht vorbeiging oder mit dem Fahrrad vorbeifuhr. Und wenn er dann tatsächlich vorbeikam, habe ich vor Aufregung ganz laut geschrien. Er konnte mich ja nicht hören, ich hatte das Fenster geschlossen. Danach hatte ich so wildes Herzklopfen, das pochte im Kopf, in den Ohren, in den Füßen, überall. Dann musste ich mich erst einmal wieder beruhigen und normal atmen, und dann stand ich wieder am Fenster und habe hinausgeguckt. Ich habe sogar gebetet: „Bitte noch einmal, lass ihn doch noch einmal vorbeikommen." Er hat natürlich von alledem überhaupt nichts geahnt. Dann habe ich mir Geschichten ausgedacht: Ich könnte doch am offenen Fenster stehen, die Scheiben putzen oder so was, und gerade in dem Moment, wo er vorbeikommt, könnte ich den Wischlappen runterfallen lassen. Und ich könnte rufen: „Ach, W., schmeißt du mal den Lappen wieder hoch?" Aber dann habe ich mitgekriegt, dass er eine Freundin hat. Da brach für mich eine Welt zusammen, sag ich dir, aber ich habe mich dann doch nach einigen Leidenstagen schnell wieder berappelt. Die Idee mit dem Lappen und dem Fensterwischen finde ich heute ziemlich albern. Wenn ich einen Typen anmachen will, dann lächle ich, und wenn er das erwidert, kann man ja erst einmal ein Gespräch anbändeln. Und gucken, was mit dem überhaupt los ist.

Marie, 12 Wenn ich gerade frisch verliebt bin, dann träume ich, dass wir schon ein bisschen größer sind. In der Werbung, da gibt es das, da steht links einer und rechts einer, und dann kommen die aufeinander zugerannt und nehmen sich in den Arm. Davon träume ich dann. Das stell ich mir total schön vor.

Kathi, 12 Ich habe mal geträumt, dass mein Freund mit mir irgendwo Pizza essen gehen würde und dass wir uns dann total umarmen.
Ich war auch mal totaler „Kelly"-Fan. Heute aber nicht mehr. Jedenfalls habe ich geträumt, der Angelo wäre über eine gelbe Blumenwiese gerannt, direkt auf mich zu und hätte immer gerufen: „Kathi, Kathi, Kathi!" Und plötzlich zerfällt der vor meinen Augen zu Staub, und es liegt nur noch so ein Häufchen Dreck vor mir. Dann bin ich aufgewacht.
Wär schon cool, wenn mich mal Justin von den „Stinx" in den Arm nimmt, aber besser wär doch ein Junge, der mich echt liebt.

»Ich bin geboren, um zu arbeiten. Ich liebe es, zu arbeiten, ich kann nicht ohne Arbeit sein.«

Helena Rubinstein (1882-1965), amerikanische Kosmetikunternehmerin

Indem ich Ruhm suchte, hoffte ich immer, Liebe zu gewinnen.

Madame de Stäel (1766–1817), französische Schriftstellerin

Stefanie, 14 Ja, ich bin eifersüchtig. Ziemlich sehr sogar. Ich weiß nicht, warum. Ich glaube, das ist einfach die Angst, meinen Freund zu verlieren. Weil ich ihn so mag. Und es würde mir unheimlich wehtun, wenn er mit einem anderen Mädchen rumknutschen würde. Ist eigentlich komisch, dass dieses Gefühl so tief im Magen sitzt. Ich hab mir mal vorgestellt, ich hätte keine Zeit für meinen Freund, ich würde zum Beispiel mit einer Freundin ins Kino gehen oder so was, und ich könnte mich total auf ihn verlassen, dass er bei mir bleibt. Das habe ich in Gedanken mal so durchgespielt. Und trotzdem wär die Eifersucht da, wenn er mit 'ner anderen rummachen würde. Ist schon komisch. Er würde mir ja nichts wegnehmen, er würde ja bei mir bleiben und ich hätte ja in dem Moment auch keine Zeit für ihn. Trotzdem wär das für mich so was wie Betrug. Ich weiß nicht, ob ich mit ihm Schluss machen würde. Sicherlich hängt das davon ab, ob er es mir freiwillig erzählt oder irgendein anderer. Oder ob das einmalig oder ein „Dauerzustand" wär. Ist schon komisch, warum das so ist. Bei mir jedenfalls. Die Eifersucht wäre da. Da könnte ich gar nichts gegen machen. Das tut mir halt weh und ich glaube, ich würde schon Schluss machen. Damit könnte ich nicht leben.

Karin, 14 Bis jetzt war ich noch nicht so richtig eifersüchtig, vielleicht, weil ich auch noch nicht so einen richtigen Freund hatte. Ich habe sehr viele Hobbys und brauche einfach auch Zeit für mich. Manchmal bin ich sehr gern allein. Das macht mir nichts, ich fühl mich dann sehr gut. Den Richtigen habe ich halt noch nicht getroffen.

Nadine, 16 Ich finde, Gefühle sind etwas Wunderbares! Wenn man so richtig frisch verliebt ist, hmmmm! Aber sonst ist es unheimlich wichtig, dass meine Freunde ehrlich zu mir sind. Wenn jemand einmal gelogen hat, dann ist das für mich unheimlich schwer, ihm wieder zu vertrauen, auch wenn ich das will. Irgendetwas ist da angeknackst. Ich finde, wenn jemand lügt, dann wird der andere unheimlich beleidigt und gedemütigt. In seinem Selbstwertgefühl. Dass einfach nicht das Vertrauen da ist, die Wahrheit zu sagen.

Geliebt wirst du einzig, wo du schwach dich zeigen darfst, ohne Stärke zu provozieren.

Theodor W. Adorno (1903–1969), deutscher Philosoph und Soziologe

Sabine, 14 Ich finde Gefühle unheimlich wichtig. Ich könnte mit einem Jungen, der keine Gefühle zeigt, überhaupt nicht zusammen sein. In den würde ich mich noch nicht einmal verlieben. Ich verstehe das gar nicht, dass die Jungens Gefühle so ablehnen und immer einen auf cool machen. Ich finde es doch viel mutiger, zu seinen Gefühlen zu stehen, als immer so zu tun, als könnte einen nichts aus der Fassung bringen. Ich finde es auch blöd, wenn jemand seine Gefühle so zur Schau stellt, also bei jeder Gelegenheit anfängt zu heulen oder so. Die Y. aus unserer Klasse, die macht das immer, wenn sie glaubt, in einer Situation zu sein, wo sie schwach ist. Dann macht sie immer so auf: „Ach, ich bin ja so hilflos, so schwach, so klein!" Das finde ich zum Kotzen. Aber warum soll ich nicht sagen und zeigen können, zum Beispiel: Ich bin wahnsinnig verliebt oder richtig traurig. Ist doch normal, dass jeder mal traurig ist oder so. Natürlich würde ich das nicht jedem zeigen. Aber die Jungens sehen das als Schwäche an. Ich finde aber, es gehört doch irgendwie zum Menschen. Wir sind doch keine Computer.

Es gibt eine Menge

Menschen,

aber noch viel mehr

Gesichter,

denn jeder hat

mehrere.

Rainer Maria Rilke
(1875–1926),
österreichischer
Schriftsteller

Wenn die im Rudel auftauchen, sollte man verduften

Sabine, 14 Jungens kommen mir oft so aufgeblasen vor. Als ich noch jünger war, da dachte ich immer: Booh, die mit vierzehn, die sind ja schon so groß, fast schon erwachsen! Heute finde ich, die sind noch so zurück. Und so albern. Dass die sich immer so lässig geben und so angeben müssen! So großkotzig. Und das Schlimme an der ganzen Angelegenheit ist, dass die Jungens, die echt anders sind, sich von der Gruppe total beeinflussen lassen und sich dann auch so bescheuert geben. Wenn man dann mit jemandem alleine ist, kann man sich manchmal gar nicht vorstellen, dass das der Typ ist, der eben noch in der Clique den wilden Mann gespielt hat.

Stefanie, 14 Also, Jungens sind aber manchmal so eitel, das hältst du ja im Kopf nicht aus! Der M., das habe ich ganz genau gesehen, der hat sich mit Kajal die Augen nachgemalt, zwar ganz vorsichtig, aber man konnte

Jeder Mensch hat ein Brett vor dem Kopf. Es kommt nur auf die Entfernung an.
Marie von Ebner-Eschenbach (1830-1916), österreichische Schriftstellerin

es ganz genau sehen. Und dann stinkt der so nach Aftershave, als hätte er sich 'ne ganze Flasche voll über den Kopf geschüttet. Ich stand mal ganz nah bei ihm, boh, da musste ich erst einmal ein Stückchen auf Abstand gehen, um Luft zu holen.

Nadine, 16 Ich bin jetzt schon fast zwei Jahre mit einem Jungen zusammen, und wir verstehen uns ganz toll. Er ist etwas zurückhaltender, aber das gefällt mir unheimlich gut. Der hat es nicht nötig, den großen Macker zu spielen. Und der kann auch ganz zärtlich sein.
Es ist ja sonst einfach furchtbar, wenn Jungens in der Clique irgendein Mädchen sehen und dann glauben, sie müssten eine „Show" aufführen. Wer ist der Stärkste? Wer ist der Coolste? Das kann einem ja so auf den Keks gehen, das kannst du dir überhaupt nicht vorstellen. Neulich war ich mit einer Freundin in einem Café und schwupp, saßen die Jungens am Nebentisch nicht mehr so „normal" da, sondern gaben sich bewusst lässig. Und sie redeten immer lauter von sich, damit wir nur nicht überhören konnten, worüber sie sprachen. Dabei hat uns das überhaupt nicht interessiert. Die quatschten nur darüber, wie toll sie angeblich waren. Dass der eine in den Ferien nach Florida fliegt und der andere irgend so eine Medaille im Sport bekommen hat. Alles so 'n Mist. Ich habe das Gefühl, die stehen ständig unter Druck, sich beweisen zu müssen. Aber wofür? Wer das macht, hat doch überhaupt kein Selbstbewusstsein.

Gabriele, 15 Irgendwie finde ich das schon komisch. Viele Mädchen reden immer nur: „Oh, die Jungens sind ja so doof, den Macker könnte ich abschießen", und so was. Aber dann verknallen sie sich doch in so einen und sind hin und weg. Ich verstehe manchmal dieses ganze Getue nicht so richtig. Okay, mir geht das auch oft auf den Keks, dieses Machogehabe. Aber wenn du die einzeln greifst, dann sind die oft unheimlich nett. Und rücken dann auch mit Gefühlen raus und so was. Na ja, die sind halt auch noch lange nicht erwachsen. Das dauert doch überall.

Nadine, 16 Ich glaube, Mädchen sind untereinander viel ehrlicher, wenn es echte Freundinnen sind. Einige können schon ganz schön zickig sein, neidisch oder richtig berechnend, hinterhältig. Aber Mädchen unterhalten sich auf jeden Fall viel mehr über ihre Gefühle, ihre Wünsche, ihr Verliebtsein. Oder auch über Träume. Aber Jungens sind einfach oft nur nervig. Wenn die im Rudel auftauchen, sollte man lieber verduften. Die mit ihrem Protz-Gehabe!

Ein Mensch ist eine Persönlichkeit, wenn er nicht mit anderen verglichen wird.

Karl Lagerfeld,
Modeschöpfer

Kristina, 15 Ich bin echt dankbar, dem lieben Gott oder Frau Göttin oder dem, der da oben in den Sternen herumkreist, dass ich ein Mädchen bin. Wenn ich mir vorstelle, ich wär so 'ne Hackertype! Ist doch wahr, guck sie dir doch an, dieses männliche Geschlecht! Die können doch nur klotzen. Rumklotzen, anbaggern und Fußball. Wenn ich das sehe, wie die sich immer aufspielen müssen. Als würden die irgendeinem Trieb folgen: „Ich bin ein Junge! Ich bin cool! Ich bin mindestens ein Indianer! Ich bin der Allergrößte!" Und dann die blöden Käppis, so nach hinten gedreht. Dass die gar nicht merken, dass die so alle gleich aussehen. Und dann ziehen die sich die Käppis oft auch so richtig tief ins Gesicht. Na ja, ist ja wahrscheinlich auch gut so, dass man sie nicht sehen kann. Wenn ich mir manchmal vorstelle, was von denen übrig bliebe, wenn man sie entkleiden würde, wahrscheinlich wären das alles nur Schlappschwänze, denn das sind ja die, die es am meisten nötig haben. Wenn ich mir vorstelle, ich wär in so 'ner Clique, ich könnte schon vorher die Krise kriegen! Nun sind Mädchen sowieso früher reif. Das merkt man aber auch. Die Jungens können ja so albern sein, wenn die sich aufspielen. Die müssen untereinander immer wieder zeigen, wie toll sie sind. Aktion, Power! Sich so gegenseitig beweisen, dass sie überhaupt existieren. Wahrscheinlich würde sonst keiner merken, dass es sie überhaupt gibt. Absolute Nullen. Ja, okay, so hin und wieder. Da ist auch mal einer drunter, der ganz anständig ist. Oder wenn du die einzeln zu greifen bekommst, da können die sich auch mal normal benehmen. Aber in der Clique? Grauenhaft!

Schöne Frauen haben immer Recht.

Lucy (Peanuts)

Anika, 18 Ich habe mich eigentlich an der Schule nicht benachteiligt gefühlt, sicher liegt das aber auch daran, dass ich genug Selbstbewusstsein hatte. Aber trotzdem finde ich es gut, dass es hier zum Beispiel so ein Mädchencafé gibt, das ist gemütlich, man kann gut plauschen. Auch ohne Jungens. Ich gehe oft ohne Jungens weg, das ist für mich ganz normal und macht viel Spaß. Gut, dass es heute ganz normal ist, dass es in Kneipen eben Frauengrüppchen und auch Männergrüppchen gibt.

„Man kann eher die Ansichten eines Mannes ändern als seine Absichten."

Topsy Küppers, deutsche Schauspielerin und Sängerin

Ist schon 'ne kaputte Zeit

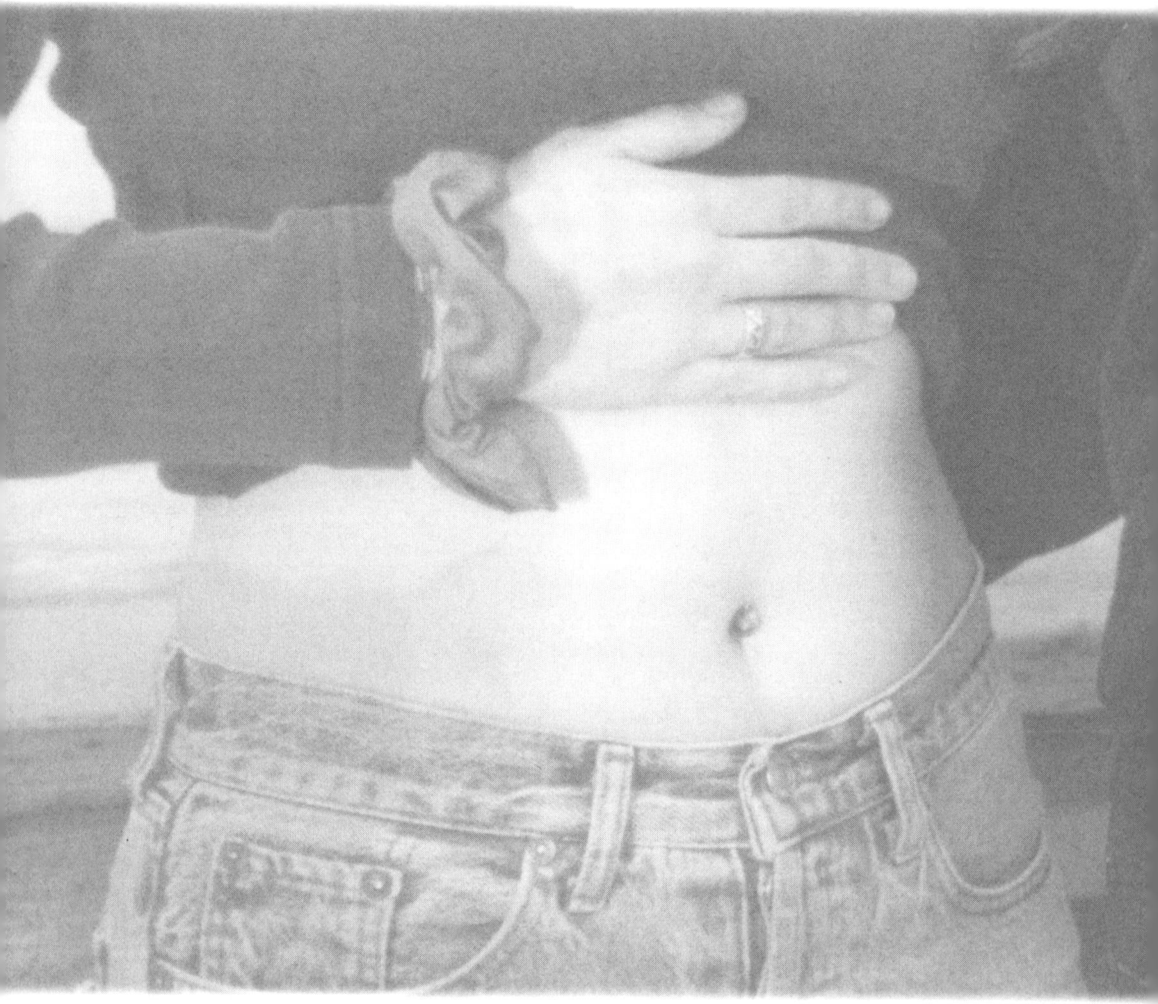

Kathi, 12 Also, einen Zungenkuss stelle ich mir schrecklich vor. Das muss doch eklig sein, wenn man von dem anderen so eine ekelhafte, warme, schleimige Spucke da an der Zunge kleben hat und die dann auch noch runterschluckt. Man kann den doch nicht küssen und dann vor seinen Augen die Spucke einfach wegspucken. Das geht doch nicht. Da würd ich mich nicht so ganz wohl fühlen. Wenn ich küssen würde, dann höchstens mal auf die Lippen, aber keinen Zungenkuss, jedenfalls jetzt noch nicht. Vielleicht ändert sich das ja alles mal. Aber wenn das dann so 'n Pickelface ist, sage ich bestimmt nicht „Ja", wenn er mich küssen will.

o Liebe was mit Gummi zu tun hat

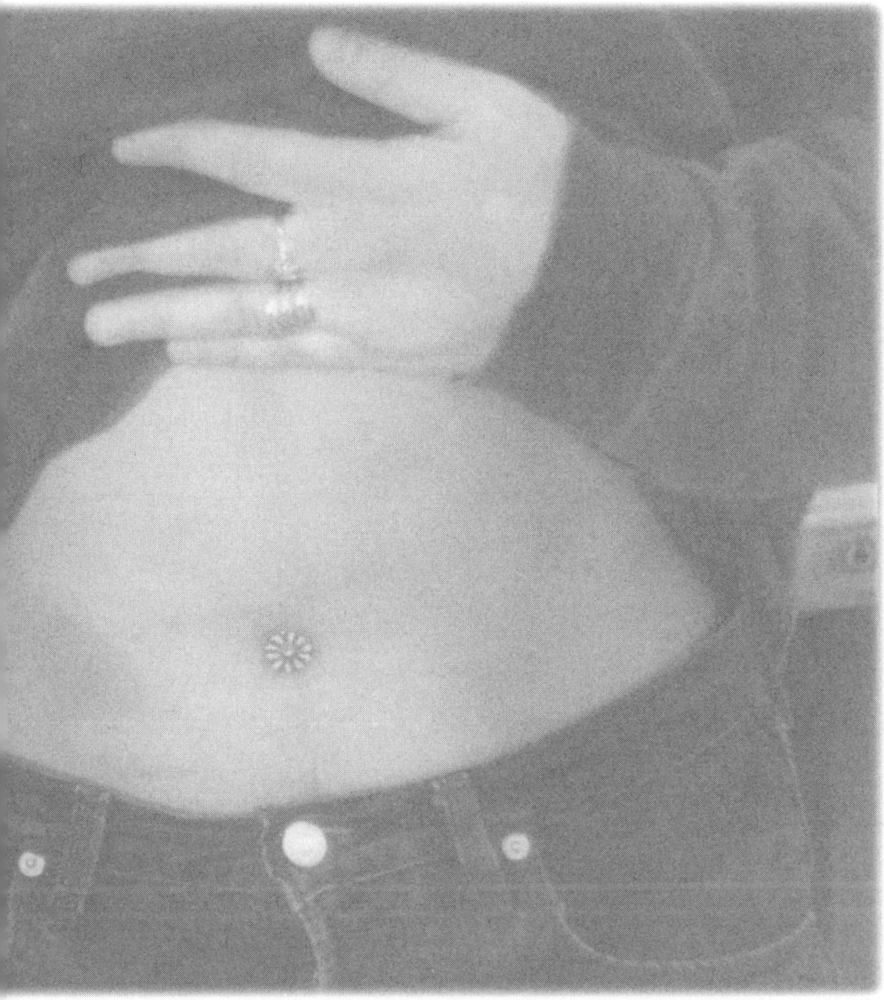

Besser

immer einer

als einen

immer.

Magda Gabor

THEA, 14 Ich hatte schon Angst vor dem ersten Zungenkuss, dass der glitschig ist oder so was. Aber mein Freund war so süß, der war so zärtlich, hat mir über die Haare gestrichen. Ich musste den einfach küssen. Und dann war das wie selbstverständlich, das mit der Zunge. Der hat auch nicht so wild in meinem Mund rumgewühlt, wie man das manchmal im Film sieht, sondern der war zärtlich. Und das Kribbeln im Bauch wurde eine richtige Welle, die über mich schwappte. Jetzt kann ich auch verstehen, dass die Leute vom siebten Himmel reden. Ich hätte auch abheben können. Ich habe den Boden unter mir gar nicht mehr gespürt. Ach, war das toll. Die nächsten Male waren auch unheimlich schön, dann will man immer mehr. Aber beim ersten Mal ist einfach noch das erste Mal dabei, ich meine, die totale Aufregung. Wenn ich nur daran denke, kribbelt es in meinem ganzen Körper!

Kristina, 15 Ne Spirale? Nee! Oh, das könnt ich nicht. So 'n fremdes Ding im Bauch. Ich käm mir vor wie auf 'ner Sprungfeder. Da nehm ich lieber ein Kondom. Musst du ja sowieso, wegen Aids. Da kannst du dir die anderen Sachen wie Pille und so sparen. Allerdings habe ich immer meine eigenen Pariser dabei. Ich verlass mich da nicht auf jemand anderen. Ist eigentlich komisch, dass so 'n Ding „Pariser" heißt. Berliner und Hamburger kann man essen und Pariser – nun ja. Außerdem weiß ich ja gar nicht, wie lange der Typ das Ding schon mit sich rumschleppt. Vielleicht ist es ja schon völlig zerfleddert und von Motten angeknabbert. Nee, jetzt mal ehrlich. Ich verlass mich lieber auf mich selbst. Ich hab mal so 'n Kondom aufgeblasen, ja, weil ich wissen wollte, was der so aushält, ob der gleich wie ein Ballon platzt. Jedenfalls ist so 'n Ding ganz schön elastisch. Mein kleiner Bruder hat mir mal meine Kondome geklaut, Wasser reingefüllt und als Wasserbomben im Vorgarten zerplatschen lassen. Mannomann, war mir das peinlich. Wir wohnen nämlich im ersten Stock, und die Frau Hmhmhm, die unter uns wohnt, ist wahnsinnig zickig. Also, jedenfalls trage ich immer meinen Kondom bei mir. Ist schon 'ne kaputte Zeit, wo Liebe irgendwo auch etwas mit Gummi zu tun hat.

»Ich glaube an die Wunder der Träume.«

Rose Ausländer (1901–1988), deutsche Lyrikerin

Sabrina, 14 Ich war das erste Mal mit meinem Freund zusammen, da war ich dreizehn Jahre alt. Wir waren schon so fünf Monate zusammen und dann ist es passiert. Wir haben erst zusammen gekuschelt und waren ganz zärtlich miteinander. Wir waren beide furchtbar aufgeregt. Es hat überhaupt nichts geklappt. Mein Freund ist viel zu schnell gekommen, aber es hat nicht wehgetan. Mir kam es vor, als hätte ich überhaupt kein Jungfernhäutchen. Erst war er sehr verlegen, aber dann haben wir uns in den Arm genommen und furchtbar gelacht. Das tat dann richtig gut. Ob die Jungens furchtbar Angst vor dem ersten Mal haben? Kann ich mir gut vorstellen. Schließlich könnte das ja die totale Pleite werden, wenn jemand 'n Mädchen angebaggert hat und dann läuft nichts. Mein Freund gibt sich auch immer total lässig, als würde er alles wie nichts wegstecken. Aber ich weiß ganz gut, dass ihn das trotzdem gekratzt hat, dass er nicht die Superpotenz gehabt hat. Aber ich denke, wenn auf beiden Seiten sehr viel Vertrauen da ist, dann klappt das auch. Auch bei den Jungens. Die haben es sicher viel schwerer, weil die doch immer so tun, als wären sie die Tollsten und Coolsten. Dann schlägt die Stunde der Wahrheit. Da müssen die halt lernen, mit umzugehen. Ich meine, es auch mal nicht zu bringen. Finde ich überhaupt nicht tragisch. Kann doch jedem passieren. Aber es kratzt schon an deren Selbstwertgefühl, denk ich mir.

Sabine, 14 Mit einem Jungen habe ich noch nicht geschlafen. Ich hatte schon ein paar Freunde, den M. habe ich auch sehr gemocht. Der war auch der Erste, den ich geküsst habe. Wir waren erst unheimlich verlegen. Als seine Zunge dann in meinen Mund flutschte, dachte ich noch: Iiih, da gewöhnst du dich nie dran. Ich habe einfach die Augen zugemacht und alles über mich ergehen lassen. Danach dachte ich noch, ob das richtig wäre, die Augen zuzumachen. Beim nächsten Kuss habe ich dann die Augen aufgemacht, um zu gucken, ob M. die Augen auch aufmacht. Aber er hatte sie geschlossen. Da hab ich meine auch wieder geschlossen.

Lieben heißt keine Wahl zu haben.

Liv Ullmann, norwegische Schauspielerin

Nadine, 16 Ich habe schon mit meinem Freund geschlafen und ich nehme auch die Pille. Beim ersten Mal war ich so aufgeregt, dass überhaupt nichts geklappt hat. Und er war auch furchtbar nervös und ist viel zu schnell gekommen. Vor lauter Nervosität habe ich gar nichts davon gehabt. Aber jetzt kennen wir beide uns ja schon recht lange und körperlich probieren wir auch aus, was uns gefällt. Er ist wirklich unheimlich rücksichtsvoll und sehr zärtlich. Ihm ist es total wichtig, dass es mir gefällt.

Lass das! Hör auf!

Kerstin, 14 Damals war ich ungefähr neun Jahre alt. Wir waren bei Freunden in einer Kneipe. Der Wirt ist ein guter Kumpel von meinem Vater. Ich kann mich noch genau erinnern, ich bin damals vor Müdigkeit auf der Bank einfach umgekippt. Und der Wirt hat gesagt: „Du kannst dich hinten in einen Raum reinlegen, hier hast du auch eine Decke." Da bin ich auch reingegangen und habe mich hingelegt. Der Wirt hat zwei Söhne, der eine war damals achtzehn und der andere sechzehn. Mit dem Älteren habe ich mich ziemlich gut verstanden. Wir haben miteinander Spaß gehabt und ich fand das auch immer sehr lustig. Und der hat halt gefragt, ob ich nicht bei ihm schlafen will. Ich meinte halt, ja, okay, warum nicht. Meine Eltern haben sich nichts Schlimmes dabei gedacht, die waren mit denen schließlich auch gut befreundet. Und der Wirt hat mir auch öfters ein Stückchen Schokolade geschenkt und mir einen Schmatzer auf den Mund gegeben. So sah das jedenfalls aus, aber was keiner merkte, war, dass er mir dabei die Zunge in den Mund geschoben hat. Ich wusste damals nicht, was das ist. Ich habe das halt mitgemacht, habe mich nur gewundert, was das für ein komischer Kuss sei. Mein Vater hat mir ja auch Küsse gegeben, die waren halt anders. Auf jeden Fall habe ich bei denen zu Hause geschlafen, und zwar bei dem jüngeren Bruder. Ich lag bei dem im Bett. Erst war das auch kein Problem, ich bin eingeschlafen. Aber mitten in der Nacht bin ich dadurch aufgewacht, weil ich irgendetwas zwischen meinen Beinen gespürt habe. Das hat sich seltsam angefühlt. Ich war nass zwischen meinen Beinen. Ich dachte erst, ich habe in die Hosen gemacht. Dann habe ich aber auch gespürt, dass dieser Sohn seine Hand zwischen meinen Beinen hatte und an mir rumfingerte. Er hat mir auch Küsse gegeben. Das war mir auch unheimlich. Ich habe gemeint: „Lass das, hör auf. Was machst du da eigentlich?" Er hat aber nicht aufgehört, dann habe ich mich losgerissen und bin zur Tür gerannt, die Treppe runtergefallen und habe mich in der Toilette eingeschlossen, weil ich totale Angst hatte. Dann kam er ein paar Minuten später runter, hat an die Tür geklopft und hat gemeint: „Komm doch wieder raus, komm raus, tut mir Leid", bla, bla, bla! Ich habe gemeint: „Hörst du auch wirklich auf?" Er sagte nur: „Ja, bestimmt!" Dann sind wir wieder hoch ins Bett gegangen und er hat weiter gemacht. Ich weiß noch, wie ich die ganze Zeit geweint habe. Er hat immer weiter gemacht. Ich habe mich total ausgeliefert gefühlt. Ich habe mich auch nicht getraut, zu seinen Eltern zu gehen. Ich weiß nur, dass ich von ihm weg und zu seinem Bruder gelaufen bin. Der hatte ein Zimmer außerhalb dieses Hauses. Ich bin zu ihm gegangen und er hat gefragt, was los sei. Ich habe ihm aber nicht geantwortet, ich habe ihm nur gesagt, dass ich hier schlafen will. Und er war dann damit auch einverstanden. Ich wusste gar nicht so richtig, was da passiert war. Ich wusste nur, das ist etwas, was erwachsene Menschen tun, ich wusste nur, dass ich das nicht wollte. Ich hatte furchtbare Angst und war völlig verschwitzt. Mein Körper hat völlig panisch reagiert. Ein bisschen Ahnung davon hatte ich schon, weil ich zwei ältere Schwestern habe. Aber diese Berührungen. Furchtbar. Am nächsten Tag haben wir gefrühstückt, ich bin nach Hause gegangen und habe nichts davon erzählt. Ich habe mich einfach nicht getraut und habe mich nur schlecht gefühlt. Ich dachte, ich sei schuld. Ich hätte irgendwas falsch gemacht.

Eine Frau braucht immer ein Gefühl, der Mann kann gegebenenfalls auch mit einer unattraktiven Frau, ohne etwas zu empfinden, Sex haben.

Heino, deutscher Schlagersänger

Ein halbes Jahr später habe ich einen Freund gehabt, den M., und der war ziemlich gut mit diesem anderen Jungen befreundet. Wir waren bei M. im Garten und er hat mich gefragt, ob ich bei ihm übernachten könnte. Ich habe meine Eltern gefragt, in der Hoffnung, dass sie „Nein" sagen. Ich habe aber sehr tolerante Eltern und die sagten „Ja" und dachten, ich würde mich darüber freuen. Ich hatte aber solche Angst, dass so was wieder passiert. Dann habe ich mich geweigert, da zu schlafen, und er konnte das überhaupt nicht verstehen und meine Eltern auch nicht. Die haben mich dann gefragt, was los sei. Ich habe furchtbar geweint und er nahm mich in den Arm und hat mich getröstet. Ich wollte das aber nur meinen Eltern alleine sagen. Und dann habe ich alles erzählt. Ich habe meine Eltern gebeten, nicht zur Polizei zu gehen und Anzeige zu erstatten, ich hatte Angst, was alles noch auf mich zukommt. Ich habe mich so geschämt und wollte eigentlich alles nur vergessen. Dann habe ich es dem M. auch erzählt. Er war furchtbar lieb und hat mich getröstet. Er hat mir wohl auch geglaubt, ich wäre auch sauer geworden, wenn er es nicht getan hätte. Aber schließlich hätte ich mir ja auch alles aus den Fingern saugen können. Mein Vater hat dann wohl mit ihm geredet und der hat dann geschworen, dass er nichts gemacht hätte. Aber ich wusste, dass es wahr ist, und er wusste, dass es wahr ist. Ich war mal auf dem Ponyhof, da habe ich mein Pferd stehen

und da ist er mir plötzlich über den Weg gelaufen. Da war ich elf oder zwölf Jahre alt, schon etwas selbstbewusster. Er sagte dann: „Warum hast du solche Lügengeschichten in die Welt gesetzt?“ Und ich habe nur gemeint: „Wir beide wissen, dass es wahr ist.“ Er hat dann nur genickt und hat gemeint: „Können wir das nicht vergessen?“ Ich sagte: „Ja, wir können miteinander reden, aber vergessen kann ich das bestimmt nicht. Und fass mich nicht an.“ Das hat er auch nicht mehr gemacht und wir sind uns aus dem Weg gegangen. An ihm ist halt was, was ich nicht leiden kann.
Am vierzehnten Juni hatte ich meinen vierzehnten Geburtstag. Da war er auch da. Er tat natürlich so, als sei nichts gewesen, hat sich da aufgespielt wie sonst irgendwer. Er hat mit seinem neuen Auto, das er jetzt fährt, angegeben und auch mit seiner Freundin, die dabei war. Hat sich vor meinen Freundinnen gebrüstet, als wär er der tollste Hecht. Meine beste Freundin wusste, wer er war und was er gemacht hat. Sie hat nur mit den Augen gerollt und gemeint: „Komm, gehen wir raus.“ Eigentlich hatten meine Eltern ihm verboten zu uns in den Garten zu kommen. Aber sein Bruder war auch da, und da habe ich gemeint, er soll meinetwegen auch kommen. Eigentlich will ich das Ganze nur vergessen, aber es klappt nicht. Jedes Mal, wenn ich mit einem Jungen alleine bin, krieg ich Panik, wenn er mich berührt. Auch wenn er es noch so zärtlich tut. Dann krieg ich die Para. Ich könnte schreien: „Lass das, lass mich los!“ Aber ich weiß, wenn ich es tun würde, dann könnte er es nicht verstehen. Das ist wahrscheinlich auch der Grund, warum ich mit meinem Freund Schluss gemacht habe. Ich habe die totale Angst. Solange sie mir nicht zu nahe kommen, ist alles in Ordnung. Mein jetziger Freund hatte das gewusst. Er hat gesagt, dass er das versteht und dass er warten kann, aber dann kamen doch diese Sprüche. Er hat mich zwar nicht unter Druck gesetzt, aber es kamen halt diese Sprüche. Er wohnt weit weg von hier und wir haben telefoniert. Ich sagte ihm: „Versprich dir nur nicht zu viel, wenn du herkommst. Und sei nicht sauer, wenn ich's nicht mache.“ Und er sagte nur: „Ja, mal sehen.“ Und dann wurde ich sauer und habe gesagt: „Wenn du nicht warten kannst, dann bleib, wo du herkommst“, und habe aufgelegt. Und dann hat er zurückgerufen so nach dem Motto: „Es tut mir Leid.“ Aber ich wollte einfach nicht. Es ging halt doch weiter, als ich es wollte. Er ging unters T-Shirt und so. Nur mit dem Küssen habe ich kein Problem. Ich meine, wenn ein Freund mir versprechen würde, dass nichts laufen würde, dann könnte ich das schon ertragen, wenn er zärtlich zu mir wäre. Wenn er lieb und verständnisvoll zu mir wäre. Wenn er meinen Arm oder mein Bein streichelt, wenn ich etwas anhabe. Aber wenn jemand mehr von mir will, würde ich nur sagen: „Verschwinde!“ Ich muss ja auch gar nicht. Ich bin ja

Das Schicksal kommt in Schuhgröße 41–45 und tritt alles platt.

Maria Schell, Schweizer Schauspielerin

noch jung. Ich kann doch selber entscheiden, was ich will. Und unter Druck setzen, das lasse ich mich nicht.
Meine Freundinnen kriegen dann auch meine Laune ab. Die sehen das aber nicht so eng, die sind ja selber manchmal launisch. Als ich zum ersten Mal meine Periode gekriegt habe, habe ich meine Mutter bei der Arbeit angerufen: „Heute gibt es was zu feiern! Heute stoßen wir mit Sekt an!" Dann hat meine Mutter eine Flasche Sekt gekauft und wir haben angestoßen. Ich habe mich darüber unheimlich gefreut. Wenn meine Mutter und meine älteren Schwestern zusammen waren, haben die ja auch über diese Dinge gesprochen, und da konnte ich nie mitreden. Aber jetzt wusste ich: Ich gehöre dazu. Ich bin mehr Frau geworden. Ich bin jetzt ein Stückchen erwachsener. Ich habe auch drauf gewartet, dass ich wachse. Das ist natürlich Schwachsinn. Aber ich habe mich unheimlich gefreut.
Wenn ich mal traurig bin, dann bin ich unheimlich gern bei meinem Pferd. Dann setze ich mich drauf und reite einfach los. Egal wohin, Hauptsache reiten. Und dann geht's mir auch besser. Ich empfinde eine unheimliche Freude. Wenn ich denke, ich bin mit meinem Pferd zusammen, und das Pferd ist ein Lebewesen, das mir zuhört und nichts weitererzählen kann. Es versteht mich zwar nicht unbedingt, aber es ist lieb zu mir. Es schmust mit mir und ich kann da halt reden. Und ich glaube schon, dass es spürt, wenn ich traurig bin. Auch wenn man mal runterfällt, weil das Pferd ein paar Bocksprünge macht und man sich nicht sonderlich wehtut, dann kann das auch sehr lustig sein.

Männer sehen am liebsten Westernfilme, aber sie haben Angst vor Pferden.

Gut an mir finde ich eigentlich meine Diskussionsfreude. Meistens setze ich meine Meinung auch durch. Ich find das gut, dass ich diskutieren kann. Ich kann gut überzeugen, auch in der Schule, bei Sachen, an denen man sonst zweifelt. Ich finde auch gut, dass ich über mich selbst lachen kann. Und ich finde gut, dass ich noch ein Kind bin. Dass ich noch nicht erwachsen bin, dass ich mich jetzt nicht schminken muss. Ich meine so: „Ach, ich muss jetzt erwachsen sein, ich muss jetzt gut aussehen, dass der und der mit mir ins Kino geht oder so." Ich denk mir, jetzt kann ich noch machen, was ich will. Jetzt würde ich vielleicht noch mit Playmobil oder sonst irgendetwas spielen. Ich spiele jetzt auch noch gern mit meiner kleinen Nichte, mit Puppen, ich bin noch so 'n Spielekind. Aber manche Tussis meinen halt, du musst so und so aussehen, damit du auch mal einen Mann kriegst. Das kann ich zum Beispiel überhaupt nicht leiden. Die bei uns in der Schule mit Solariumbräune und Make-up rumlaufen. Zum Beispiel die D. aus meiner Klasse. Sie und ich, wir sind grundverschieden, sie ist der Mitläufer, ich die Einzelgängerin, ich gehe meine eigenen Wege. Ich mache das, was mir gefällt. Sie schwätzt im Unterricht, okay, ich schwätze auch im Unterricht, aber ich passe wenigstens noch ein bisschen auf. Wenn ich dann mal was sage, werde ich von ihr „Streberin" genannt. Mir ist egal, was sie macht. Wenn sie mich für irgendetwas blöd anmacht, was ich für richtig empfinde, womit sie überhaupt nichts zu tun hat, dann werde ich doch irgendwann mal sauer. Dann denke ich, mein Leben geht dich nichts an. Es ärgert mich, dass ich nicht verstehe, dass man jemanden „Streber" nennen kann, wenn er für seine Zukunft arbeitet. Wenn jemand in der Schule gut ist, seine Hausaufgaben macht und lernt, arbeitet man auf seine Zukunft zu. Ich weiß nicht, warum man dafür „Streber" genannt wird und als Außenseiter hingestellt wird. Das kommt in unserer Klasse vor und das stört mich. Da steckt sicherlich auch Neid dahinter. Aber es nennen mich ja auch nicht alle so. Das kommt nur manchmal von gewissen Leuten.
Das Wichtigste für Mädchen ist eigentlich, genügend Selbstbewusstsein zu haben und das auch zu sagen: „Das möchte ich nicht und das möchte ich." Dass man das dann auch nicht nur zu sich selber sagt, sondern auch zu dem anderen, der einen etwas fragt. Der dann sagt: „Komm, mach das mal!" Daß man dann antwortet: „Nein, das will ich nicht", und dann auch dabei bleibt. Und nicht sagt: „Okay, weil du das so willst."
Und wenn einem wirklich mal was passiert, wie Vergewaltigung oder so, dass man sofort zu jemandem geht, zu dem man Vertrauen hat. Dass man sofort was dagegen machen kann und nicht erst alles verdrängt. Meine Eltern haben mich auch so erzogen, dass ich meine Meinung sage. Auch wenn sie mal nicht meiner Meinung sind, unter-

Schöne Frauen haben seit undenklichen Zeiten das Vorrecht, dumm sein zu dürfen.

stützen sie mich und sagen: „Okay, das ist deine Meinung!" Sie sagen nicht, dass ich meine Meinung ändern soll. Und ich denke, das ist gut so. Wenn sie mich anders erzogen hätten, wäre ich bestimmt ein kleines schüchternes Mädchen geworden, das zu jedem und allem Ja und Amen sagt. Ich bin jedenfalls froh, dass es nicht so ist. Meine Schwestern haben auch viel damit zu tun, dass ich so stark bin, dass ich eben eine Persönlichkeit bin. Ich bin ich – und ich bleibe auch so.

Wenn ich die Möglichkeit hätte, Gesetze zu ändern, dann würde ich auf jeden Fall das Gesetz für Vergewaltigung verschärfen. Die Strafe wär für mich mehr als lebenslänglich und ohne Bewährung. Ich denke mir, man kann sich nicht in zwei, drei Jahren ändern. Der Drang ist halt drin. Wenn ich das sehe, dass Kinder vergewaltigt und anschließend verstümmelt werden, und dann kriegt der lebenslänglich und wird nach fünf Jahren auf Bewährung wieder rausgelassen, dann könnte ich die Krise kriegen. Dann denke ich immer, wie kann man so jemanden frei herumlaufen lassen? Der würde bei mir lebenslänglich absitzen. Außerdem stört es mich, dass Reich und Arm so weit auseinander liegen. Mich stört es, dass die Reichen, Großen fast alles dürfen, bei denen wird mal da und da ein Auge zugedrückt. Und bei den Armen, da wird das Geld eingeholt, dann gibt's weniger Rente. Das ist doch total ätzend. Diese ganzen Obdachlosen, die tun mir so Leid. Oder die Arbeitslosen. Und dann müsste es viel strengere Umweltgesetze geben. Wenn ich Einfluss darauf hätte, würde es auf jeden Fall weniger Autos geben. Ich träume auch manchmal: „Ach, hier wäre noch ein Sandweg und dann könnte ich mit dem Pferd zur Schule reiten." Das spinne ich mir manchmal so zusammen.

Sexualdelikte

Kinderschutzbund: Totaler Schutz ist unmöglich

Hannover, 29. März (dpa). Hundertprozentigen Schutz vor sexuellen Übergriffen auf Kinder kann es nach Ansicht des Deutschen Kinderschutzbundes nicht geben. "Wer dies versucht, macht sein Kind unselbständig", warnte Bundesgeschäftsführer Walter Wilken.

Schreckliche Taten wie der Mord an der elfjährigen Christina dürften nicht dazu führen, dass Eltern ihre Kinder nicht mehr aus dem Haus lassen. „Die Angst der Eltern überträgt sich", meinte Wilken. „Und mit unselbständigen, ängstlichen Kindern haben Täter ein leichtes Spiel."

Frankfurter Rundschau, 30. 3. 1998

Ich würde weniger Bäume fällen lassen und Tierarten würde ich schützen.
Und dann muss ich noch eine Sache erzählen, die letzte Woche passiert ist. Ich fuhr abends mit der S-Bahn nach Hause. Da war ein Mädchen, so neun oder zehn Jahre, die sah ziemlich verängstigt aus. Ich habe mich noch gewundert. Dann habe ich auf die andere Seite geguckt und dann war da ein Typ, der war so Mitte dreißig, und der hat sich wirklich vor ihrer Nase einen runtergeholt. Der hat noch gegrinst und rumgestöhnt. Da wurde mir echt schlecht. Und ich dachte noch, was ist das für ein Idiot. Ich habe eine wahnsinnige Wut gekriegt. Ich habe das Mädchen am Arm geschnappt: „Komm mit", habe ihm vor die Füße gerotzt und habe ihn als Schwein beschimpft. Das Mädchen war mir so dankbar, dass ich mit ihr ausgestiegen bin. Mit der nächsten Bahn ist sie noch ein paar Stationen mit mir gefahren und hat sich dann noch mal bei mir bedankt.
Meine Freundin ist auch mal mit der S-Bahn gefahren und da saß ihr gegenüber ein Typ und fragte sie: „Wohin?", und sie dachte, dass er fragt, wohin die Bahn fährt, und sagte: „Nach Darmstadt." Der hat sich ihr gegenüber hingesetzt und hatte die ganze Zeit seine Hand unter seinem Pullover, als hätte er da eine Pistole, die auf sie gerichtet war. Dann hat er gefragt: „Wie heißt du? Wo wohnst du? Wer bist du?" Sie hat aber keine Auskünfte gegeben, nur den Kopf geschüttelt, nach dem Motto: „Vergiss es, das sage ich dir nicht." Er sagte noch: „Ich mach keine Witze, ich meine es ernst." Und bei der nächsten Station ist sie ganz schnell ausgestiegen. Gut, dass er gedacht hat, sie würde bis nach Darmstadt fahren. So konnte sie ihn doch austricksen. Als sie hier ankam, hatte sie Tränen in den Augen. Sie hatte eine wahnsinnige Angst. Ich fragte nur: „Mein Gott, was ist denn passiert?" Sie hat so gezittert. Sie hat offensichtlich panische Angst vor ihm gehabt.

Viele Männer sind nichts als fürchterliche Angeber, bei denen man nur auf die Hose gucken darf, weil sie nichts im Gehirn haben.

Inge Meysel, deutsche Schauspielerin

Ja, ich habe Angst vor Gewalt ...

Damit das Mögliche entsteht, muss immer wieder das Unmögliche versucht werden.

Hermann Hesse (1877–1962), deutscher Schriftsteller und Literaturnobelpreisträger

Sabine, 14 Ich bin eigentlich so mittelmutig. Ich bin unheimlich für Gerechtigkeit. Da kann ich mich auch einsetzen. Wenn ich merke, dass jemand ungerecht behandelt wird, dann kriege ich eine irre Wut. Zum Beispiel haben die alle mal auf der N. rumgehackt, weil die halt nicht so gut aussieht und sich auch sehr seltsam anzieht: „Na, gerade frisch von der Schönheitsfarm", und so was alles. Also, das fand ich so gemein. Da habe ich denen echt die Meinung gesagt, was die sich einbilden, dass ja keiner was dazu kann, wie er geboren wird, und so. Die N. fing richtig an zu weinen, und den anderen war das dann auch peinlich. Also, da kann ich wirklich Mut entwickeln. Hinterher hat mir die E. gesagt, so hätte sie mich überhaupt noch nicht gekannt, weil ich sonst einfach etwas zurückhaltender bin. Bei mir selbst habe ich ungeheuere Probleme, also, ich meine, mich für meine Sachen einzusetzen. Wenn es um Gerechtigkeit mir gegenüber geht. Das ist eigentlich wirklich seltsam, aber das kann ich nicht.

Nadine, 16 Manchmal ärger ich mich über mich selbst, dass ich nicht den Mut finde, etwas zu sagen. Ich habe dann einfach Angst, aufzufallen. Neulich zum Beispiel, da fuhr ein Zeitungsverkäufer mit seinem Moped über den Flohmarkt und eine Frau mit einem kleinen Kind hat sich darüber aufgeregt, weil die Abgase so stinken. Sie hatte ja völlig Recht. Aber der hat die Frau so laut angeschrien, Autos hätten auch Abgase und er würde ja ganz langsam fahren und so weiter. Der hat gleich so rumgeschrien, das ist einfach unvorstellbar. Wenn jemand schreit, fühle ich mich gleich eingeschüchtert. Ich habe mich dann weiter weg neben einen Stand gestellt, nur um da nicht reingezogen zu werden. Ich hatte einfach Angst, auch angeschrien zu werden. Aber die Frau hat sich nicht einschüchtern lassen. Und ein anderer Mann hat sie dann unterstützt. Hinterher habe ich mich geärgert, dass ich nicht den Mut hatte, meine Meinung zu sagen, denn es hat gestunken. Ist ja klar, stell dich doch mal neben so ein knatterndes Moped, und es waren viele kleine Kinder da. Und selbst für die Großen ist das unzumutbar. Aber ich hatte nicht den Mut. Scheiße.
Viele andere hatten auch keinen Mut. Erst als er weg war, haben einige der Frau Recht gegeben. Die meisten haben sich überhaupt nicht darum gekümmert.

Gabriele, 15 Ich glaube schon, dass ich mutig bin. Ich bin manchmal eher etwas zurückhaltend, weil ich beobachte. Es macht mir ungeheuer Spaß, zu beobachten, wie andere reagieren. Ich wette dann heimlich mit mir. Aber wenn es darum geht, anderen zu helfen, dann wäre ich schon mutig. Ich glaube, das käme bei mir ganz automatisch. Zum Beispiel, wenn ein Kind ins Wasser fallen würde, würde ich sofort hinterherspringen. Ich kann auch gut meine Meinung sagen und habe keine Angst vor den anderen. Mein Fehler ist halt oft, dass ich zu lange über meine Antwort nachdenke, ob ich da auch richtig argumentieren kann. Und dann ist das Thema schon längst vorbei, und ich sage dann nichts mehr. Aber das liegt daran, dass ich manchmal so 'n bisschen grüblerisch bin.

Nadine, 16 Ich habe oft furchtbare Angst vor der Zukunft. Meine Eltern stehen ja jetzt hinter mir, das ist für mich wie ein Schlupfwinkel, da kann ich immer zurück. Aber wie ist das später? Ich sehe nur immer, wie verzweifelt viele einen Job suchen. Dann habe ich auch Angst vor der Umwelt. Guck dir doch nur mal an, wie versaut unsere Lebensmittel sind. Der ganze BSE-Skandal. Die ganzen Betrügereien dabei. Das macht mich total betroffen. Und wie viele es gibt, die derart kriminell sind und das Leben von anderen riskieren, nur um Kohle zu machen.

Kristina, 15 Normalerweise habe ich keine Angst. Meine Mutter sagt immer, die Angst macht erst die Probleme so groß: „Pack sie an, und die Angst verschwindet von selbst." Aber das ist natürlich sehr leicht gesagt. Die hat immer irgendwelche klugen Sprüche drauf. Trotzdem habe ich von ihr eine Menge gelernt, einfach, den Kopf nicht in den Sand zu stecken, sondern auf Probleme zuzugehen. Neulich hatte ich auch eine tierische Angst vor der Mathe-Arbeit. Ich habe die Aufgaben einfach nicht gekonnt. Ich hab das nicht kapiert. Ich habe das nicht in meinen Schädel reingekriegt. Abends musste ich noch zum Babysitten, ich wollte die Aufgaben machen, habe aber den Rechner vergessen. Da habe ich den ganzen Mist in die Ecke geknallt. Aber schließlich habe ich mich doch rangemacht, weil es furchtbar langweilig war. Und da habe ich gemerkt, dass ich irgendetwas völlig falsch umgesetzt hatte. Endlich hatte ich es kapiert. Mit dem Rechner wäre ich wahrscheinlich nie drauf gekommen.
Echte Angst habe ich vor den Umweltbetrügern. Diese ganze Sauerei mit dem Wälderabbrennen in Asien und auch Brasilien. Ist doch kein Wunder, dass das irgendwann zur Katastrophe wird. Die haben wohl überhaupt nichts im Kopf. Die denken nur an Geld, Geld, Geld. Oder die ganzen Verbrecher, die mit dem verseuchten Rindfleisch handeln. Diese BSE-Betrüger sollten dazu verurteilt werden, täglich ihre Rindfleischpampe mit Tiermehl selber zu essen.

Nicht weil es schwer ist, wagen wir etwas nicht,
sondern weil wir es nicht wagen, ist es schwer.

Seneca (4 v. Chr.–65 n. Chr.),
römischer Politiker, Philosoph und Dichter

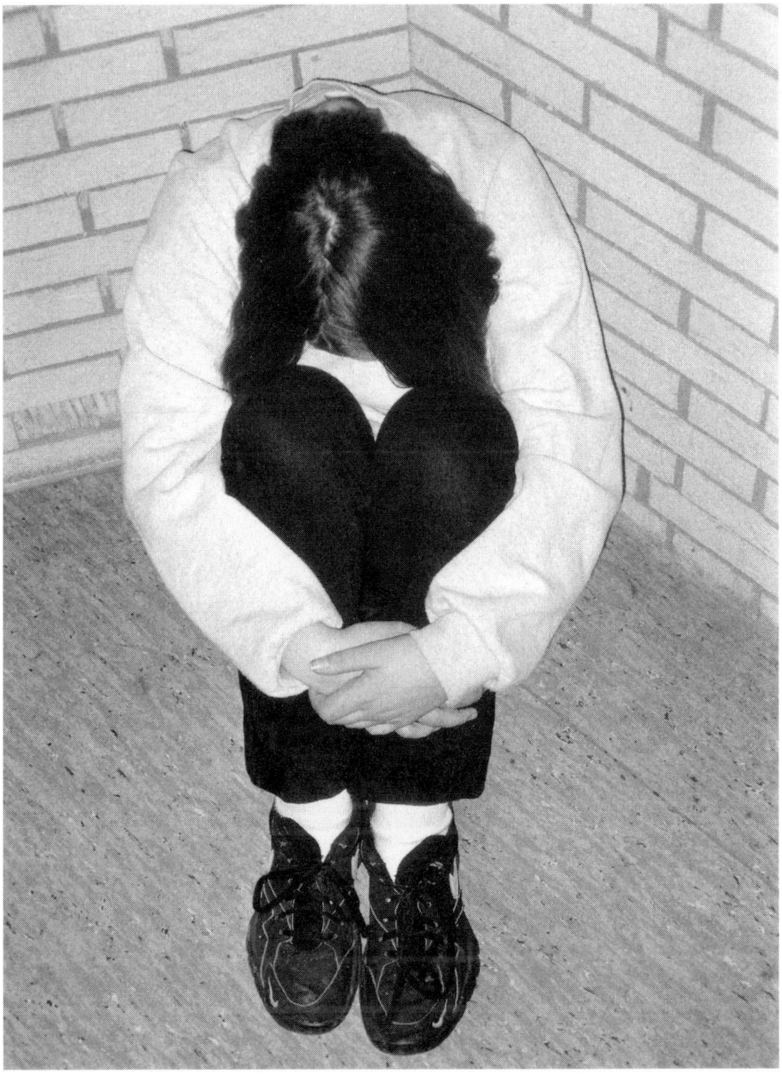

**Wer verzweifelt,
ist ein verdammter Narr.**

Mae West (1893–1980),
amerikanische Schauspielerin

Sabine, 14 Ja, also Angst habe ich, wenn ich abends alleine nach Hause gehe. Überhaupt habe ich ziemliche Angst vor der Dunkelheit. Dass mich irgendeiner packt und vergewaltigt oder so. Ich habe furchtbar Angst vor Gewalt. Ich habe durch Zufall mal mitbekommen, wie mein Onkel ausgerastet ist. Damals war ich vielleicht acht Jahre alt. Ich war im Nebenzimmer und der hat geschrien und geschrien und meine Tante hat furchtbar geweint. Dann hat er sie geschlagen. Sie hat so furchtbar geweint und immer gebettelt: „Nein, bitte nicht, bitte nicht!" Später war sie vor lauter Heulerei ganz aufgequollen im Gesicht. Ich habe mich nicht mehr aus dem Zimmer getraut. Meine Tante ist dann irgendwann zu mir gekommen, hat den Arm um mich gelegt und hat versucht zu lächeln. Dann hat sie mich nach Hause gefahren, hat mir über die Haare gestreichelt und hat noch gesagt: „Es ist schon wieder alles in Ordnung!"
Davor habe ich Angst. Dass mir so was auch mal passieren könnte. Wenn ein Junge laut und ausfallend wird, ziehe ich mich gleich zurück.

Gabriele, 15 Ja, ich habe ungeheure Angst vor Gewalt. Da sind neulich einfach irgendwelche Jugendliche auf unseren Schulhof gestürmt, haben Fensterscheiben eingeschmissen und sogar ein paar Schüler echt verprügelt. Einfach so. Es ist unvorstellbar. Die Schulleitung hält sich aus allem raus, weil es das ja angeblich an ihrer Schule nicht gibt. Diese Gewaltcliquen sind furchtbar. Die schaukeln sich so gegenseitig hoch. Denen möchte ich nicht in die Quere kommen.

US-Teenager klagen über zunehmende Gewalt an Schulen

Washington (dpa). Immer mehr Teenager in den USA klagen über Gewalt an ihren Schulen. Nach einer Studie der US-Regierung ist die Zahl der Gangs auf dem Schulgelände zwischen 1989 und 1995 gestiegen und junge Leute wurden häufiger Opfer von Gewaltverbrechen. Die Untersuchung beruht nach US-Medienberichten auf einer Befragung von 10 000 Schülern.
Der Studie zufolge berichteten 1995 28,4 Prozent der befragten jungen Leute im Alter zwischen zwölf und neunzehn Jahren von Banden an ihren Schulen. Sechs Jahre zuvor waren es noch 15,3 Prozent gewesen. Gewaltverbrechen wie körperliche Angriffe oder bewaffneter Raub wurden 1995 von 4,2 Prozent der jungen Leute gemeldet. Das sind 0,8 Prozentpunkte oder 270 000 Studenten mehr als 1989, wie Pascal Forgione vom Nationalen Zentrum für Statistiken im Bildungswesen erläuterte.

Usinger Anzeiger, 14. 4. 1998

Wenn's mir dreckig geht, sind die halt da ...

Claudia, 12 Ich finde unsere Clique unheimlich stark. Wir sind eigentlich immer so um die sechs, sieben Jungens und Mädchen. Wir kennen uns noch teilweise vom Kindergarten. Ist schon komisch. Als wir so neun, zehn Jahre alt waren, da waren wir Mädchen mehr unter uns. Da war es total blöd, sich mit Jungens abzugeben. Da haben wir mit unseren Barbie-Puppen gespielt. Bescheuert, wenn ich heute daran denke. Na ja, weil die doch sauteuer sind und dann immer dieses Schweinchenrosa und Blümchenblau. Die Farben gehen mir heute total auf den Keks. Und immer schön hübsch und brav und ordentlich auf der Veranda Tee trinken. So 'n Quatsch. Wir haben immer gespielt, ein Prinz würde kommen und uns ins Schloss entführen. Mit Tüll und Samt und Seide. Heute trage ich zerrissene Jeans. Das tragen die alle in unserer Clique. Warum? Vielleicht ist das so eine Art Protest. Ich will nicht immer brav und artig auf der Veranda sitzen und Tee trinken. Ich bin halt anders. Wie? Hm, darüber muss ich noch nachdenken. Jedenfalls nicht so.
Die Clique ist für mich unheimlich wichtig. Mit denen kann ich einfach reden. Aber wir halten zusammen, und wenn es mir mal dreckig geht, sind die halt da. Mit wem ich rede, das hängt natürlich vom Thema ab. Mit den Jungens würde ich bestimmt nicht über Menstruationsprobleme reden. Selbst wenn ich die noch so lange kennen würde. Meine Eltern sind ganz weit weg. Wir wohnen zwar zusammen, aber die verstehen überhaupt nichts. Wenn's nach denen ginge, könnte ich mit meiner Clique ständig auf der Terrasse sitzen und Tee trinken.

Olivia, 13 Ich bin mehr allein, ich bin nicht direkt in einer Clique. Ich habe aber eine sehr gute Freundin. Ich war früher viel krank, da konnte ich vieles nicht mitmachen, Sport und so. Dadurch war ich eigentlich so was wie eine Außenseiterin. Ich bin auch immer etwas skeptisch gegenüber Cliquen. Ich habe vor allem bei Jungencliquen die Erfahrung gemacht, dass die sich dann oft unheimlich aufspielen. Das sind dann die Tollsten und Coolsten und jeder will den anderen übertrumpfen. Die veranstalten die totale Show für die Mädchen. Neulich bin ich in einer S-Bahn gefahren, da kam so eine

Es gibt zwei Grundwahrheiten:

1. Männer sind klüger als Frauen.
2. Die Erde ist eine Scheibe.

Clique von 'nem Fußballspiel zurück. Wenn die unbedingt alle gleiche Schals und Mützen tragen müssen, von mir aus. Aber wie die sich dann aufspielen, die waren bestimmt nicht viel älter als ich, haben ihre Bierdosen dabei gehabt, Lieder gegrölt und so. Bei Mädchen kann ich mir das gar nicht vorstellen. Die ganze S-Bahn hat nach denen gestunken. Richtig eklig. Ich habe vielleicht sogar ein wenig Angst vor einer Clique. Na ja, weil du dich dann auch total anpassen musst, weil du sonst nicht akzeptiert wirst. Da müsste ich ein Stück von mir aufgeben, ich weiß nicht, ob ich dann immer meine ehrliche Meinung sagen würde, weil ich Angst hätte, die anderen könnten lachen. Aber es gibt ja sicher auch tolle Cliquen. Und dann die Klamotten. Da musst du immer drauf sein. Manchmal wünschte ich mir schon, in einer Gruppe zu sein, die zusammen hält. Wenn die mit den Rädern abdüsen oder sich am Büdchen treffen. Aber was ist, wenn die mit Drogen rummachen? Vielleicht würde ich sogar mitmachen, wenn ich die Clique toll fände.

Helen, 14 Also, da ist 'ne Clique, die haben so 'ne Art Mutproben, wer die meisten Sachen im Supermarkt klaut oder so was. Zigaretten sind ja auch sauteuer. Aber diese Clique würde andere nicht fertig machen. Das Klauen ist für die eher so 'n Sport. Da reizt auch das Nervenkitzeln. Na ja, und wenn du mal erwischt wirst, musst du halt sehen, dass du schnell wegläufst. Den A. haben sie allerdings mal geschnappt, der wollte erst seinen Namen nicht sagen, aber dann haben die doch rausgekriegt, wo der wohnt. Der hat vielleicht 'n Stress gekriegt!

Sabrina, Nadja, Lena und Maria

Und dann gibt es die Seite IN

Lena, 13 Schlechte Laune kriege ich, wenn ich zum Beispiel in ein Geschäft gehe und sehe dann irgendeine Hose an diesen Schaufensterpuppen, die alle diese Maße 90 – 60 – 90 haben. Das regt mich immer auf. Dann denk ich mir bloß, na ja, wie sieht die Hose denn an mir aus! Ich habe ja nicht diese Idealmaße. Oder in Zeitschriften, die Models, alle sehen immer supertoll aus! Und dann gibt es die Seiten IN – OUT. Bei OUT war natürlich das dicke Mädchen, im Mini, das ihre Beine zeigt und überhaupt so viel Speck hat. Das andere Mädchen war toll angezogen und dünn, und das war halt IN. Auf der nächsten Seite war dann ein Bericht: „Ich bin krank geworden durch Diät-Pillen." Schau dich doch nur mal um. Ich will ja nicht wissen, wie viele Deutsche übergewichtig sind. Und dann wird in den Zeitungen einfach so festgestellt: wenn man dick ist, dann ist man hässlich. Aber das stimmt doch gar nicht. Da kriege ich wirklich schlechte Laune.

Umfrage

Frauen wünschen sich mehr Ehrlichkeit ...

Doch Deutschlands Frauen träumen auch: 47 Prozent vom Essen, ohne dick zu werden, 45 Prozent davon, für eine Million Mark einkaufen zu können, und drei Prozent davon, ein Mann zu sein.

Frankfurter Rundschau, 15. 12. 1997

Sabrina, 13 Die Dicken werden ja auch immer gehänselt. Da fühlt man sich erst toll und wird dann gehänselt. Und dann kommt die schlechte Laune, ist doch klar.

Maria, 14 Bei uns ist da doch ein enormer Gruppenzwang, durch die Models und so. Wir machen da gerade ein Theaterstück über Bulimie. Das ist doch irgendwo das gleiche Problem.

Sabrina, 13 Die Models sind ja sehr dünn. Aber wenn man sich das Umfeld anguckt, ist da keine Frau, die so ideal ist, wie es vorgegeben wird. Und wenn man dann ideal werden will, wird man magersüchtig, nur um diesem Ideal nahe zu kommen. Ich meine, jeder ist doch anders. Und viele würden am liebsten zum Schönheitschirurgen gehen, um so auszusehen wie Claudia Schiffer. Ich will so aussehen, wie ich bin.

UT ...

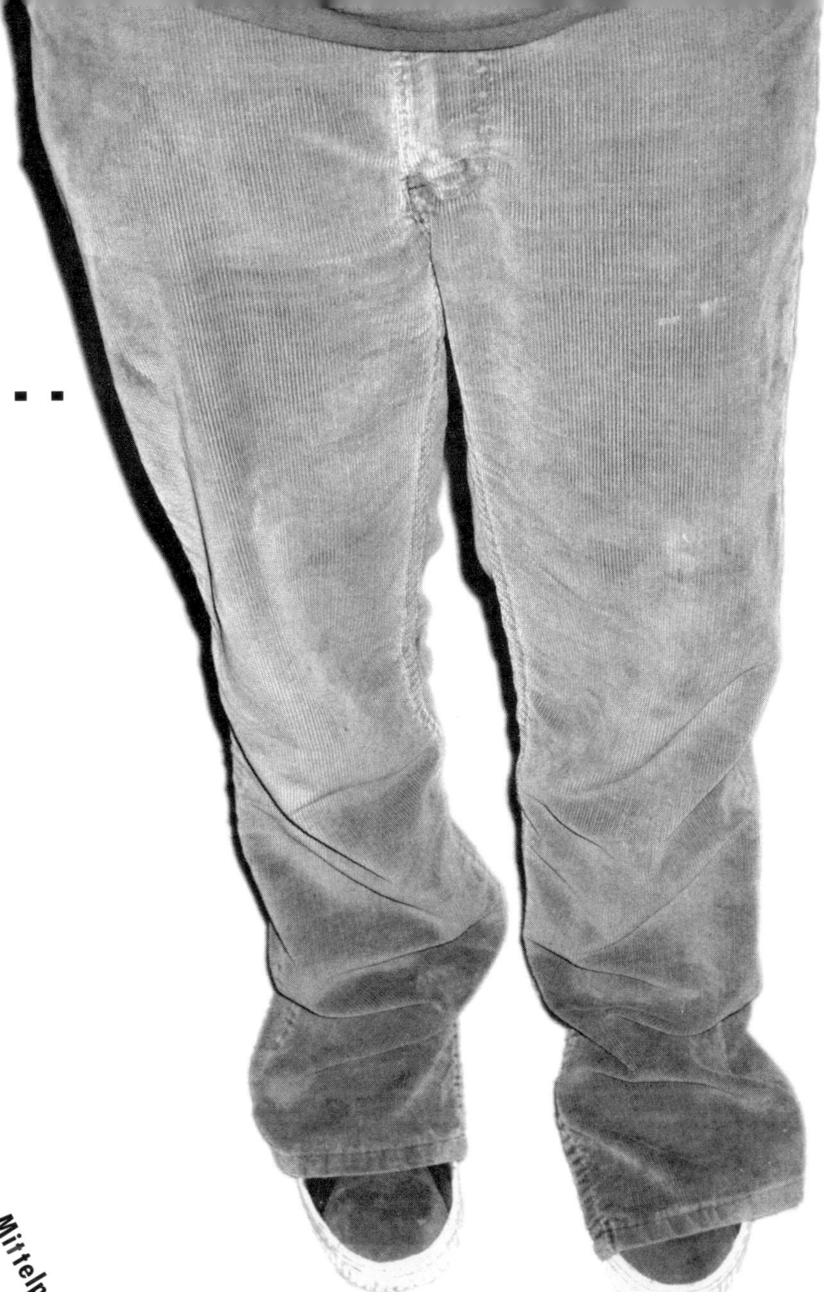

Wenn man im Mittelpunkt eines Festes stehen will, darf man nicht hingehen.

Sharon Stone, amerikanische Filmschauspielerin

....

Lena, 13 Die Schwester meiner Freundin, die ist sechzehn, die hat von ihren Eltern das Geld bekommen für eine Nasenoperation, und bald kommt dann auch das Geld für den Busen. Das sind zwar die totalen Extreme, aber das gibt's wirklich. Meine Freundin hat halt gemeint, dass sie wirklich hübsch ist, dass sie gar keine schlimme Nase hat. Ich meine – auch wenn! Wenn man die Claudia Schiffer ungeschminkt sehen würde, würde man sicher auch denken, was ist denn Tolles an der? Oder an der Pamela Anderson. Ungeschminkt soll die total Scheiße aussehen.

Manchmal möchte ich abtauchen

Maria, 14 Ich schreibe in letzter Zeit sehr viel in mein Tagebuch. Eine Zeit lang habe ich auch sehr viel Streit mit meiner Mutter gehabt, manche Sachen haben mich einfach so aufgeregt. Sie hat zum Beispiel wieder angefangen zu rauchen, auch wenn sie nur draußen auf dem Balkon raucht. Ich kann Rauch einfach nicht vertragen. Heute schreibe ich da vieles einfach in mein Tagebuch. Und wenn ich dann auch noch meine Lieblingsmusik höre, das hilft dann schon.

Sabrina, 13 Ich nehme auch manchmal alles auf den Kassettenrecorder auf. Ich rede dann einfach, was ich denke, als würde mir die Kassette zuhören. Manche rauchen dann, um sich zu beruhigen. Eine Freundin von uns zum Beispiel. Aber wir anderen rauchen nicht. Und wir wollen das auch nicht. Darauf haben wir uns geeinigt. Aber die andere gehört auch mit zu unserer Clique. Wir sind halt von der Art des Denkens zusammen.

Lena, 13 Aber die raucht eigentlich nicht so richtig. Nur so 'n paar.

Sabrina, 13 In der Klasse sind auch welche, die rauchen auch mal 'n Joint. Wir sagen denen dann: „Was bringt dir das denn, wenn du das machst?"
Und weißt du, weswegen sie das machen? Die wollen cool sein. Die sagen dann: „Ei, du, ich habe letzte Woche einen Joint geraucht, das würdest du dich nie trauen!" So in der Art: „Ich bin jetzt der Coolste, weil ich 'nen Joint habe." Was habe ich denn davon? Dass ich ein bisschen dumm im Kopf werde für ein paar Stunden und mein Geld dafür ausgegeben habe. Da kann ich doch schönere Sachen machen.

Maria, 14 Ja, okay, wenn ich zum Beispiel 'ne Sechs geschrieben habe. Dann möchte man schon in eine andere Welt abtauchen. Aber das bringt doch nichts.

Lena, 13 Früher habe ich das oft gesehen, dass da so 'n Gruppenzwang war. Aber heute ist das bei mir so, dass die meisten das auch akzeptieren, wenn ich etwas nicht will.

Nadja, 13 Ja, ich kenne eine, die habe ich gefragt, warum sie raucht, da sagte sie: „Na, weil es doch alle machen. Weil es cool ist. Und wenn ich da nicht mitmache, da habe ich auch keinen Bock zu. Dann gehöre ich ja nicht dazu." Aber die gibt es wenigstens offen zu.

Sabrina, 13 Mit Markenklamotten ist es doch genauso. Die suchen doch nur irgendwelche Sachen, um 'ne Gruppe zu bilden, damit sie irgendwie zusammengehören. Viele wollen zu bestimmten Gruppen gehören. Da ist vielleicht irgendeiner drin, der wichtig ist. Da weiß man, wenn man mit dem Krach hat, dann kommt gleich die ganze Familie. Da will man halt dazugehören und nicht zu irgendeiner Randgruppe, die nichts zu melden hat. Eine Freundin von mir war früher mal total nett, dann hat sie irgendwelche Freunde kennen gelernt und hat nur so geredet wie die. Die hat sich total verändert. Ich rede auch kaum noch mit ihr.
Das kann einige schon beeindrucken, diese ganzen Markenklamotten.

USA

New York führt Schuluniformen ein

New York, 19. März (ap). Über 500 000 Schulkinder in New York sollen nach dem Willen des Schulvorstands künftig in Uniformen zur Schule gehen. „Diese Politik erlaubt es den Schülern, sich auf das Lernen zu konzentrieren, anstatt sich wegen ihrer Kleidung Sorgen zu machen", sagte ein Mitglied des Vorstands.

Frankfurter Rundschau, 20. 3. 1998

Die meinen, ich wär ein bisschen zu sozial ...

Maria, 14 Also, die anderen meinen, ich wär ein bisschen zu sozial. Ich finde das aber trotzdem gut. Ich meine, andere Leute kümmern sich auch um andere. Das finde ich auch gut so, ich habe eben einen sozialen Standpunkt. Was ich nicht so gut finde an mir – ich bin Löwe als Sternzeichen – ich bin schon ein klein wenig machthaberisch. Ich versuche halt, meinen Standpunkt zu vertreten. Und beharre dann auch drauf.

Lena 13 Weil man dich auch oft nicht überzeugen kann.

Maria, 14 Das stimmt gar nicht, so habe ich das jetzt nicht gemeint. Ich will halt meine Meinung durchsetzen.

Sabrina, 13 Ja, wenn wir etwas zusammen machen wollen, und sie will das nicht, dann kann man sie nicht überreden.

Maria, 14 Das stimmt gar nicht.

Nadja, 13 Jetzt erzähl doch mal was über das Soziale, wie du das meinst.

Wer nichts weiß, muss alles glauben.

Marie von Ebner-Eschenbach (1830–1916), österreichische Schriftstellerin

Maria, 14 Also, wenn es in der Klasse Streit gibt, dann sagen die Jungen, ich soll mich da nicht reinhängen. Aber ich gehe immer dazwischen. Wenn sich zwei kloppen, frage ich mich: Warum kloppen die sich denn? Man kann das doch auch anders regeln, mit Sprechen und so. Ich setze mich auch immer für die Schwächeren ein. Ich habe mal einen Nikolaus geschenkt gekriegt, weil der Herr M. meinte, ich wäre sehr sozial. Und die anderen haben mich natürlich gleich damit aufgezogen: „Hähä, du hast 'nen Nikolaus gekriegt."

Sabrina, 13 Wir haben da ein Mädchen in unserer Klasse. Die kommt aus Polen und wird deshalb unheimlich gehänselt. Maria war ja auch Klassensprecherin und dann sagt sie: „Ja, jetzt hört doch mal auf." Oder es gibt einen Jungen, der ist neu in unserer Klasse. Der hat noch keinen richtigen Anschluss gefunden. Viele ärgern den auch. Dann sagt sie: „Jetzt lasst den doch mal in Ruhe!" Maria setzt sich eher für die Schwächeren ein, anstatt irgendwelchen Leuten nach dem Mund zu reden.

Maria, 14 Und ich finde noch gut an mir, dass ich sportlich bin. Zwar nicht so richtig, aber Sport macht mir halt Spaß.

Lena, 13 Sport ist Mord!

Maria, 14 Das wusste ich, dass du das sagst!

Sabrina, 13 Was ich an anderen wichtig finde ist, dass sie zuhören können, dass sie aber auch offen die Meinung sagen können, wenn ich etwas falsch mache. Und nicht sagen: „Du bist aber toll und immer gut drauf und nie schlecht gelaunt." Ich will halt, dass die ehrlich sind. Nicht, dass die mir schmeicheln, ich wäre weiß Gott was. Ich will gleich behandelt werden.

Lena, 13 Ich finde es wichtig, dass man Kritik ertragen kann. Ich kann das irgendwie nicht. Ich bin dann gleich beleidigt. Ich bin auch sehr sensibel. Wichtig ist, dass man auch andere Sachen, andere Meinungen respektieren kann und nicht alles andere runtermacht. Und dass man auch offen ist für neue Sachen. Wenn man zum Beispiel etwas zu einem sagt und der stimmt einem zu. Aber dann rennt der zu dem Nächsten und sagt über die gleiche Sache etwas anderes. Irgendwann trifft das mit Sicherheit wieder zusammen – furchtbar! Dann fühle ich mich hintergangen. Dann sagt der: „Ich glaube dir", rennt zum Nächsten und sagt ihm dasselbe. Ich finde Ehrlichkeit unheimlich wichtig. Und dass jemand auch vor anderen seine Meinung vertreten kann und sich nicht anpasst, weil er mit allen gut sein will.

Als eine Frau lesen lernte,
trat die Frauenfrage in die Welt.

Marie von
Ebner-Eschenbach

Maria, 14 Ich finde, irgendwie muss auch die Chemie stimmen. Es gibt halt ein paar auf der Schule, mit denen kann ich nicht so. Und andere, mit denen geht es viel besser. Mit denen kann man auch viel besser. Man kann sich ja auch bemühen, nett zu sein. Aber irgend so einen Trunkenbold will ich halt auch nicht. Es war vielleicht ein blödes Wort, aber ich meine, wenn jemand ganz andere Ansichten hat als ich, dann kann es doch auch nicht klappen, auch wenn er nett ist.

Nadja, 13 Aber damit kannst du dich doch auseinander setzen.

Maria, 14 Aber wenn zum Beispiel jemand auf Karatesport steht und der ständig Karate macht und mir ständig nur von Karate erzählt, ja, was soll ich denn dann?

Nena, 13 Aber das kannst du ihm doch dann sagen.

Maria, 14 Nee, dann stimmt die Chemie einfach nicht.

Lena, 13 Ich finde es auch schlimm, wenn jemand immer so überheblich ist und auf einen herunterguckt.

Maria, 14 Und dann finde ich diese ganzen Fußballerjungs furchtbar, die immer auf den Boden spucken. Immer alles schön hochziehen und dann ausspucken. Das machen so viele bei uns in der Klasse.

Die Männer sind ungerecht. Sie sehen immer nur den Baum, gegen den eine Frau gefahren ist – aber die vielen Bäume, die sie nicht einmal gestreift hat, die sehen sie nicht.

Lisa Gastoni

Sabrina, 13 Und dass die immer nur von Fußball reden. Die ganze Zeit. „Hast du gestern das Spiel im Fernsehen geguckt?" Und dass sich dann viele Fußball angucken, nur um mitreden zu können. Gut fände ich, wenn die Jungs auch mal zuhören könnten, aber die reden immer nur von ihren Sachen. Oder Frauen, Pamela Anderson. Wir haben da einen Typen bei uns in der Klasse, den kennen wir schon von der Grundschule her, der hat zu Hause einen Kalender von Pamela Anderson. Ständig versucht er, sie mit uns zu vergleichen: „Ja, Sabrina, du siehst ihr ja schon sehr ähnlich, nur mit der Oberweite hapert es noch." Immer diese Sprüche mit der Oberweite. Bei den einen meckern die Jungens rum, sie hätten zu wenig, die anderen hätten zu viel. Dann stimmt es da nicht, stimmt es da nicht. Was die da in der Hose haben, das können die uns doch auch nicht beweisen! Der sagt immer, wenn er ihn auspacken würde, würden wir einen Schreck kriegen.

Das Mädchen aus Polen nennen sie Pollacke ...

Maria, 14 Die meisten Jungens sind da fies und beleidigend. Zum Beispiel das eine Mädchen aus Polen, was die Lena eben erwähnte, das nennen sie immer Pollacke. Die saß im Unterricht und hat geweint. Die sagen dann einfach was ohne Gefühle und können ihre Grenzen überhaupt nicht einschätzen! Dann sind sie nur fies und beleidigend.

Sabrina, 13 Und wenn wir sagen: „Jetzt hast du aber einen Fehler gemacht", dann lachen die sich nur kaputt. Der Typ, der uns immer so beleidigt, ist richtig nett, wenn man mit ihm allein ist. Aber wenn seine Freunde bei ihm sind, dann kommen die coolen Sprüche: „Du tittenloses Monster", oder so 'n Kram. Aber wenn die Freunde weg sind, dann sagt er: „Ach, du bist doch hübsch, du bist doch nett."

Maria, 14 Die gehen viel zu sehr nach dem Aussehen.

Sabrina, 13 Aber wenn wir bei ihnen nach dem Aussehen gehen, dann heißt es wieder: „Och, stell dich nicht so an. Hauptsache, der ist nett."

Lena, 13 Es gibt Jungens, mit denen kann ich wirklich gut befreundet sein. Ich meine jetzt, so platonisch. Ich finde es gut, wenn die zuhören können und versuchen, sich mit den Problemen auch auseinanderzusetzen. Ich finde es gut, wenn Jungens auch Freunde sein können. Und auch einschätzen können, wann etwas zu viel ist, wann etwas echt wehtut.

Maria, 14 Ich finde Jungens gut, wenn man einem allein begegnet. Oder höchstenfalls zweien. Wenn die aber alle zusammen sind, müssen sie immer beweisen, dass sie die Coolsten sind. Wenn du mit einem alleine bist, kannst du dich wirklich vernünftig mit ihm unterhalten. Mit zweien geht das auch noch gerade so.

Sabrina, 13 Wir kennen da auch jemanden, mit dem kann man wirklich gut reden. Der lacht dann auch nicht drüber, wenn du ihm was erzählst. Der behält das für sich. Ich denke, das liegt daran, dass er selbst eine Schwester hat. Da kann er vieles einfach besser nachvollziehen. Mein Bruder hatte mal 'ne Freundin, und seitdem war er viel netter zu mir. Wenn Jungens in einem stärkeren Kontakt mit Mädchen sind, dann können die einen viel besser verstehen.

Maria, 14 Ich hatte ja schon gesagt, dass es bei den Jungens auch so einen bestimmten Gruppenzwang gibt. Bei dem mit der Pamela Anderson und der Brust zum Beispiel. Ich kenne den schon seit dem Kindergarten. Wir sind zusammen in der Krabbelgruppe gewesen. Der greift einem jetzt an den Po. Und zwar ziemlich viel. Wenn du allein mit ihm bist, kannst du auch mit ihm reden. Aber in der Gruppe spielen die sich auf. Zum Beispiel tatschen die einen an den Busen: „Darf ich mal anfassen?"

Sabrina, 13 Zum Beispiel der Ph., der sitzt mir schräg gegenüber. Wenn ich da ganz harmlos rumsitze, heißt das: „Du hast wieder mal eine Sexstellung, treibst du es immer so mit deinem Freund?" Dann kommt der an, haut mir auf den Arsch oder fasst mir irgendwo

Der ideale Ehemann ist ein unbestätigtes Gerücht.
Brigitte Bardot, französische Filmschauspielerin

anders hin. Oder er nimmt dich in den Arm und drückt dich voll: „Das ist meine Freundin!“ Mir würde es gar nicht einfallen, zu einem Jungen zu gehen und dem auf den Arsch zu hauen.

Maria, 14 Ich meine, freundschaftlich haue ich ihm auch mal auf den Po. Das ist ja auch noch Spaß. Aber es gibt ein paar, die greifen da echt richtig rein. Das ist wirklich ekelhaft. So von hinten zwischen die Beine. Oder einer steht dann vor mir und fragt, ob er mal meinen Busen anfassen darf. Der H. macht das schon seit der sechsten Klasse. Andauernd. Einmal habe ich ihm eine geschlagen und da hat er gemeint, ich wäre eine blöde Kuh. Ich lass mich doch nicht befummeln.

Wenn Männer aufs Ganze gehen, meinen sie meistens die untere Hälfte. Helen Vita, deutsche Diseuse, Kabarettistin und Schauspielerin

Nadja, 13 Die Erfahrungen haben wir eigentlich alle schon gemacht. Wir werden halt befummelt. Irgendwie verletzt oder genervt, was weiß ich. Das ist echt schlimm mit denen.

Maria, 14 In einer Klassenkonferenz haben wir über die Jungens geredet und unser Lehrer war da auch ziemlich stinkig. Die Lehrer meinten, die achte Klasse sei bei den Jungens am schlimmsten. Die wären da voll in der Pubertät. Wir hatten aufgeschrieben, dass die immer nur nach dem Aussehen gehen und uns betatschen. Diese Zettel hatten wir dem Lehrer gegeben.

Sabrina, 13 Bei uns in der Klasse gibt es so zwei bis drei Mädchen, die schon ziemlich viel Oberweite haben. Und dann ist da ein Junge, über den wir eigentlich sehr positiv gesprochen hatten. Aber plötzlich fängt der im Unterricht an zu singen: „Ich hätt so gern 'nen Busen, ich hätt so gern 'nen Busen.“ Und das die ganze Zeit. Das finde ich irgendwie so doof. Ich singe ja auch nicht: „Ich hätt so gern 'nen Schwanz!“ Dann hat man zu viel, dann hat man zu wenig, dann ist die Nase zu dick, dann hat man einen zu dicken Arsch, dann ist die Hose zu lang oder die Schuhe zu hoch. Ständig haben die etwas zu meckern.

Meine Lebensphilosophie ist: **Einatmen – Ausatmen.**

Doris Dörrie, deutsche Regisseurin

Nadja, 13 In der fünften Klasse war ich die Einzige, die schon so Pickel hatte. Damals wurde ich vom Ph. ganz schön beleidigt. Und wenn der mich so beleidigt hat, dann habe ich halt auch seinen wunden Punkt getroffen. Dann habe ich etwas zu ihm gesagt, was ihn auch verletzt hat. Ich sagte ihm: „Wenn du mich verletzt, dann musst du doch auch irgendwann raffen, dass ich mir das nicht bieten lasse.“ Aber das sehen die nicht ein. Die werden nur noch schlimmer.

Lena, 13 Wenn man was gegen ihn sagt: „Jetzt hör doch mal auf, das tut doch weh", dann machen die nur weiter. Die können einfach nicht aufhören. Die kennen keine Grenzen.

Sabrina, 13 Dann sagen sie: „Du Mimose, du heulst gleich wieder!" Die hatten zum Beispiel mal eine Phase, da haben die uns immer mit Kaugummi beworfen. Das blieb dann in den Haaren kleben.

Maria, 14 Ein Mädchen hat gesagt: „Sag nichts, dann kriegen die doch Ärger." Aber irgendwie ist das auch doof. Die bewerfen uns mit Kaugummis und wir sollen nichts sagen. Dann sind wir die Petzen.

Sabrina, 13 Ich musste mir sogar ein Stück von den Haaren abschneiden, die waren total mit Kaugummis verklebt. Wenn wir zum Beispiel gegen eine andere Klasse Fußball spielen, dann sind wir eine Gemeinschaft. Die brauchen uns nämlich, weil auch Mädchen mitspielen. Dann sind sie total nett zu uns.

Männer nehmen die Welt nicht wahr, weil sie selber glauben, sie seien die Welt.

Virginia Woolf (1882–1941), britische Schriftstellerin

Evita, zum Beispiel, finde ich toll – oder auch die Frau von Che Guevara

Maria, 14 Jungens können das nicht ertragen, wenn Mädchen oder Frauen stärker sind. Ich meine nicht als Kraftkloß, sondern so menschlich, sozial. Evita, zum Beispiel, die finde ich toll, oder die Frau von Che Guevara.

Sabrina, 13 Die Evita finde ich auch toll. Was die so gemacht hat. Frauen, die sich durchgesetzt haben, finde ich sowieso gut.

Maria, 14 Weißt du, wen ich auch gut finde? Die Diana. Ich meine, die war schon die Königin der Herzen. Aber ich finde, sie wird jetzt ein wenig zu sehr hochgehoben.

Sabrina, 13 Aber trotzdem. Wie die sich eingesetzt hat gegen diese Landminen. Das konnte sie doch nur machen, weil sie so prominent war. Irgendeine Bauersfrau könnte es nicht so weit bringen, weil sie nicht die Presse hat. Das finde ich gut, dass sie die Presse für diese Sachen so ausgenutzt hat. Sie hat halt nicht nur so getan: „Ach, ich bin die Hübscheste", sondern sie hat die Presse halt dafür ausgenutzt, dass sie sich für irgendetwas eingesetzt hat.

Maria, 14 Aber trotzdem würde ich sie nicht als mein Vorbild sehen.

Sabrina, 13 Ja, das ist ja auch was ganz anderes. Aber ich finde halt gut, wie sie das gemacht hat und wie sie sich gegeben hat. Nicht: „Jetzt bin ich mit dem König verheiratet, jetzt bin ich die Beste", sondern dass sie sich auch eingesetzt hat. Zum Beispiel hat sie sich die Landminen angeguckt und hat das nicht andere für sich machen lassen.

Nadja, 13 Die Evita und Diana, die haben schon viel getan, aber hinter den Kulissen gab's eine Menge, was da nicht so sauber war. Bei beiden.

Maria, 14 Die Diana hat ihre Kleider verkauft, aber die hätte sie ja sowieso nicht mehr anziehen können. Die hätte sie ja wahrscheinlich sonst irgendwo weggeschmissen. Weil man bei öffentlichen Auftritten immer das Kleid nur einmal anzieht.

Führ ein Tagebuch und eines Tages wird es dich führen.
Mae West (1893-1980), amerikanische Schauspielerin

»Das Leben ist zu kurz, um Champignons zu füllen.«

Sabrina, 13 Aber ich glaube nicht, dass sie sie verkauft hat, weil sie sie eh nicht mehr anziehen konnte.

Maria, 14 Aber wer viel mehr als Diana gemacht hat, das ist Mutter Teresa. Die hat wirklich in den Armenvierteln gelebt und geholfen.

Sabrina, 13 Der Tod von Diana wurde so hochgeschaukelt, aber als Mutter Teresa starb, war das nur eine kurze Nachricht: „Mutter Teresa ist gestorben. Und jetzt das Wetter ..." Ich finde, nur weil Diana so eine halbe Königin war und mit irgend so einem reichen Typen auf einer Jacht war, wurde alles ziemlich hochgespielt.

Das Gute an Egoisten ist, dass sie nicht über andere Leute reden.

Maria, 14 Es gibt ja auch noch genug andere Leute, die ziemlich viel machen.

Lena, 13 Aber die Zeitungen berichten doch lieber über Leute, die mehr Geld haben und bekannt sind. Das sind doch die, die in der Presse stehen. Und die, die echt kämpfen und kein Luxusleben führen ...

Maria, 14 Das ist ja das Problem, dass die nicht berühmt sind. Es interessiert doch eher, wie Sandra Bullock nackt aussieht, als irgend so ein Typ von der Straße.

Sabrina, 13 Und wenn irgendeine Zeitung schreiben würde, die Frau Meier-Schmitt ist arm und hat fünf Kinder, das interessiert nicht so viele. Dann würden viel weniger Zeitungen gekauft werden, als wenn jetzt groß Diana drauf wäre. Oder Skandale, das interessiert die Leute. Oder wenn da was steht über Kinderschänder. Die würde ich sowieso viel höher bestrafen, als das gemacht wird. Wenn man sich überlegt, dass ein Ladendieb genau so viel Strafe bekommt wie ein Kinderschänder. So 'n Kind, das vergewaltigt wird, das wird doch das Leben lang daran denken. Aber so 'n Ladenbesitzer wird jetzt nicht immer trauern, dass ihm eine Packung Kaugummi geklaut wurde.

Maria, 14 Ich habe in der Zeitung gelesen, ein Typ hat ein Mädchen und dessen Mutter vergewaltigt und drei Jahre gekriegt, und eine Frau hat acht Autos zerkratzt und hat auch drei Jahre gekriegt. Der Mörder von der Kim hat ja auch lebenslänglich gekriegt und ich finde, eine Vergewaltigung sollte mindestens mit zehn Jahren bestraft werden. Man zerstört damit wirklich ein Leben.

Sabrina, 13 Das sind ja auch Männer, die das festlegen, und die können sich das nicht vorstellen. Wenn ich das hier wieder lese: „Eine Dreizehnjährige wurde vergewaltigt", dann denke ich mir, wo sind wir da nur hingekommen. Ich habe noch nie gehört, dass eine Frau einen Mann vergewaltigt hat. Und wenn es das gäbe, dann würde der Richter sicherlich der Frau eine höhere Strafe geben. Ich finde, bei solchen Berufen sollte es auch mehr Frauen geben. Das sind Frauenangelegenheiten. Ich finde, dass da auch eine Frau Richterin sein sollte und nicht unbedingt ein Mann. Die kann sich da ja viel besser reinversetzen.

Lena, 13 Ich finde das bei der Vergewaltigung auch so schlimm, dass es echt so nah dran ist. Ich meine, eine aus unserer Schule ist vergewaltigt worden. Ich finde es erschreckend, dass es so nah ist. Hier ist doch nicht irgendwo so ein Ghetto, wo es so krass ist.

Maria, 14 Die Schwester von meiner Freundin ist auch schon vergewaltigt worden.

Wenn du Karate kannst, ist es egal, ob du Höschen trägst oder nicht.
Germaine Greer, australische Autorin und Feministin

Das ist so schlimm, dass 12-jährige Mädchen abgeschoben werden ...

Lena, 13 An der Politik würde ich einiges ändern. Zum Beispiel die Arbeitslosigkeit. Ich glaube, dann gäbe es auch weniger Kriminelle. Und dann finde ich es auch schlimm, wie mit den Ausländern umgegangen wird, dass da zwölfjährige Mädchen abgeschoben werden. Die werden da zurückgeflogen und wissen nicht, wo sie sind und wo sie hin sollen, und haben echt nichts. Und dann wird geändert, was wirklich nicht nötig wäre, zum Beispiel bei der Rechtschreibreform.

Maria, 14 Ja, das stimmt. Guck dir doch nur mal an, wie viele ausländische Frauen in ihrem Land gefoltert wurden. Dann kommen sie hierher und werden wieder abgeschoben.

Lena, 13 Das ärgert mich, dass die dann halt an Sachen was ändern, die nicht so schlimm sind.

Maria, 14 Da sagen irgendwelche Männer in anderen Ländern, sie wollen Krieg. Dann werden die Soldaten rausgeschickt und zu Hause werden die Frauen von den anderen Soldaten geschlagen und vergewaltigt. Ich meine, wir müssten vieles in unserer Politik verändern. Zum Beispiel die Diäten. Die sollten nicht laufend bei uns kürzen, sondern erst einmal bei sich.

> **Vereinte Nationen**
>
> **Bis zu 250 000 Kinder kämpfen in Kriegen**
>
> **Genf, 17. April (epd).** Immer mehr Kinder nehmen einem UN-Bericht zufolge direkt oder indirekt an bewaffneten Konflikten teil. ... Kinder leiden dem Bericht zufolge auch unter weiteren Folgen von Konflikten. Sie irren als Kriegsflüchtlinge durchs Land, werden sexuell missbraucht, von Landminen verstümmelt oder getötet. Zur Zeit litten Kinder in fast 50 Ländern der Welt unter den Auswirkungen von Kriegen.

Lena, 13 Diäten?

Maria, 14 Ja, das sind die ganzen Gelder, die die Politiker kriegen. Außerdem finde ich, dass die reicheren Leute auch mehr Steuern zahlen sollen, dass sich um alle einfach mehr gekümmert wird.

Lena, 13 Ja, und dann wird nur rumgelabert. Wenn ich das manchmal höre, da im Parlament. Die streiten sich da rum wie fünfjährige Kinder. Ich weiß gar nicht, wer die wählt. Die schwingen einfach so viele Reden, aber es wird nichts getan.

Maria, 14 Ich habe schon mal einen Brief an die Petra Roth geschrieben auch an andere, wegen der Autobahn, die hier gebaut wird. Die haben dann nur geantwortet, dass es nicht anders gehen würde.

Jugend fürchtet „Altlasten"

Umfrage: Sorgen vor allem um Umwelt und Ausbildung

Sorgen machen sich die 14- bis 18-Jährigen vor allem um Arbeits- und Ausbildungsplätze, aber auch um die Umwelt. ... 56 Prozent der befragten 1002 Jungen und Mädchen fürchten, dass die Erwachsenen ihnen Probleme hinterlassen, die nicht mehr zu lösen sind.

Usinger Anzeiger, 27. 2. 1997

Lena, 13 Ich habe auch schon mal an die Petra Roth geschrieben, wie sie denn zu ihrer Arbeit fährt. Dann hat sie geschrieben: „Aus beruflichen Gründen muss ich mit dem Auto fahren, ich kann leider nicht mit der Bahn fahren." Ja, und wenn das jeder sagen würde! Deswegen gibt es doch so viel Autos.

Sabrina, 13 Die fahren auch mit dem Auto, weil es mit der Bahn so viel teurer geworden ist. Mit der Bahn kostet es sechs Mark und mit dem Auto hin und her kostet es vielleicht zwei Mark. Und es ist nicht so warm wie im Auto und man muss sich nicht mit den anderen Leuten ins Gedränge quetschen. Dann kommt der Bus auch noch zu spät. Und dann gibt es doch noch diesen Spruch: „Wir haben diese Erde nicht von unseren Eltern geerbt, sondern von unseren Kindern geliehen." Aber keiner achtet da drauf. Die meisten Erwachsenen denken doch: „Jetzt lebe ich und Schluss. Ich lebe nur einmal und da lasse ich die Sau raus!" Wenn die Kinder mit Krieg und Verpestung leben müssen, dann ist das denen doch egal. Die haben jetzt ihren Spaß und fertig.

Maria, 14 Es heißt ja auch, dass wir die Generation X wären, dass es nach uns keine Generation mehr so gut hätte. Es gibt immer mehr Arbeitslosigkeit auf der Welt. Dann heißt es ja auch, der nächste Krieg wird ein Atomkrieg sein. Entweder fliegt die ganze Welt in die Luft oder alle sind verseucht. Wenn meine Mutter das manchmal sagt, dann antworte ich nur: „Ja, ja, Mama!" Aber es stimmt ja irgendwo. Atomwaffen werden immer weiter gebaut. Die Politiker interessieren sich für andere Leute, für sich selber und so. Aber eigentlich sind wir doch deren Zukunft, und die merken das noch nicht einmal. Die merken das erst, wenn wir wählen können.

Sabrina, 13 Ich finde, die müssten uns doch auch einmal fragen. Wir wollen doch schließlich weiterleben und da müssen wir doch auch mal unsere Meinung sagen können.

Lena, 13 Ich finde auch, bei Kindern sollten die echt mehr tun. Das ist doch echt schon krass. Früher zum Beispiel, wenn ich in die Bäckerei gegangen bin, bin ich überhaupt nicht drangekommen. Jeder denkt nur: Ich will schnell meine Brötchen haben und dann gehe ich! Kinder werden gar nicht richtig ernst genommen. Da guckt echt niemand. Auch später, wenn man erwachsen wird – da sitzen die Männer in ihren Chefsesseln. Kaum Frauen. Vielleicht hat sich da schon einiges gebessert, aber das ist noch nicht genug. Und dann regen sich Männer auch noch darüber auf, wenn Frauen auf dem Chefsessel sitzen. Als ob das was Schlimmes wär. Das finde ich blöd. Das muss geändert werden.

Nadja, 13 Ich finde, dass Menschen gefördert werden sollen, die keine Arbeit haben. Da gibt es doch viele Branchen, wo noch was gemacht werden könnte. Da sollte für die was gemacht werden, die nie was kriegen.

Maria, 14 Das ist auch ein Problem mit den Randgruppen. Bei uns gibt es noch viel zu viel Randgruppen, die sind noch ziemlich von unserer Gesellschaft ausgeschlossen. Zum Beispiel die Behinderten. In den Kaufhäusern gibt es noch viel zu wenig Wege für sie.

Lena, 13 Hast du schon mal einen Behinderten gesehen, der in die Bahn rein will?

Die Gleichberechtigung der Geschlechter wird erst dann erreicht, wenn mittelmäßige Frauen hohe Ämter bekleiden.

Françoise Giroud, französische Publizistin

Maria, 14 Ja, hier, in unsere Linie 7. Das ist doch viel zu eng. Ich finde auch, dass man da noch unheimlich viel tun sollte.

Sabrina, 13 Oder bei der Arbeit. Ich glaube, zum Beispiel bei der Müllabfuhr, ich glaube schon, dass es da noch Plätze gibt. Viele Deutsche wollen da ja einfach nicht arbeiten. Die sagen, die Ausländer sollen das machen. Die meinen, sie hätten was Besseres verdient. Und dann beschweren sich einige, dass sie keine Arbeit kriegen. Ich wäre doch froh, wenn ich überhaupt eine Arbeit kriegen würde, egal, ob es nun bei der Müllabfuhr wär oder nicht. Klar, wär das auch nicht mein Traum. Aber in einer Notsituation? Dann würde ich diesen Job annehmen, bis ich eine bessere Arbeit finden würde. Einige setzen sich nur auf ihren Hintern, trinken Bier und warten, bis für sie der Idealjob kommt. Die sagen zu den Ausländern: „Dieses asoziale Pack lebt von unserem Geld!" Aber gerade viele Ausländer bemühen sich doch darum, einen Job zu kriegen, um nicht als Schnorrer abgestempelt zu werden. Die wollen doch eine eigene Wohnung, einen eigenen Job, ein eigenes Auto.

Maria, 14 Und dann sollte man sich unbedingt gegen die Leute wehren, die diese Gewaltvideos bei der Bundeswehr produzieren. Das wird ja immer mehr. Diese Leute sollte man viel schärfer zur Rechenschaft ziehen. Das geht doch nicht, dass da irgendwelche Kriege nachgespielt werden, Frauen vergewaltigt und Ausländer umgebracht werden. Dagegen muss man unbedingt was tun. Wir haben doch den Ersten Weltkrieg verursacht und den Zweiten. Aus dem Grund finde ich es besonders schlimm, wenn da nicht durchgegriffen wird.

Sabrina, 13 Und dann wird immer gesagt, wir haben zu viele Ausländer. Dann sollen die das doch irgendwie gesetzlich regeln. Aber Leute, die aus dem Krieg kommen, die darf man doch nicht einfach zurückschicken. Dann heißt es wieder: „Ausländer raus!" Schlimm. Und dann die anderen, die sich hier echt eine Existenz aufgebaut haben. Hier heißt es: „So, jetzt ist es vorbei!" Das geht doch nicht. Die will man ins Ungewisse schicken? Und wenn da wieder ein Krieg kommt?

Freiheit, das sind nicht nur die eigenen Briefmarken.

Hanan Ashrawi,
frühere Palästinenser-
sprecherin und Autorin

MARIA, 14 Oder die alten Leute, wenn die wieder zurückgehen müssten, nach Bosnien, Kroatien, was weiß ich. Wie sollen die denn das schaffen?

LENA, 13 Die Kriege werden ja sowieso nur geführt, weil irgendwelche hohen Tiere dazu Lust haben. Dann sollen die sich doch selber die Fresse einschlagen. Früher waren wir immer in Jugoslawien im Urlaub. Das war ein wunderschönes Land. Auf einmal konnten wir da nicht mehr hin. Ich hatte das zuerst noch gar nicht gerafft. Und das ist doch schlimm, dass da alles zerstört wird, was man sein Leben lang aufgebaut hat. Von den Menschen gar nicht zu sprechen.

Das darf nicht wieder passieren ...

MARIA, 14 Das ist für mich unvorstellbar, was da auf der Welt überall abläuft. Das darf doch einfach nicht wieder passieren, wie das war im Vietnamkrieg oder wie wir die Juden vergast haben. Und das ist so schlimm, dass immer Frauen vergewaltigt werden. Die sind dann doch überall der letzte Dreck.

Mir ist gleichgültig, wie viel meine Minister reden – solange sie tun, was ich sage.

Margaret Thatcher, britische Politikerin

SABRINA, 13 Vor einiger Zeit gab es bei uns einen Schüleraustausch mit England. Da wurden wir gleich als Nazis hingestellt, wegen Hitler. Ich meine nicht, dass man die alten Zeiten direkt vergessen soll. Aber da wird man hingestellt, als wäre Hitler mein Vater gewesen, als wären wir dran schuld. Ich kann doch nichts dafür, dass ein Typ da die ganzen Juden vergast hat.

MARIA, 14 Aber es war ja eben nicht EIN Typ. Heute will es ja keiner mehr gewesen sein.

Es gibt doch nichts Schöneres, als sich ein junges Ding zu erziehen, ein Mädel mit achtzehn, zwanzig Jahren ist biegsam wie Wachs. Einem Mann muss es möglich sein, jedem Mädchen seinen Stempel aufzudrücken.

Adolf Hitler (1889–1945), deutsch-österreichischer Diktator

LENA, 13 Schlimm finde ich auch, dass es bei den alten Leuten immer noch solche gibt. Oder die Neonazis, dass die nichts kapiert haben! Da wurden die Juden umgebracht wie Tiere, die wurden vergast! Ich habe da auch Bücher drüber gelesen. Die Neonazis sollten alle mal in ein KZ gebracht werden, damit sie sich angucken, was da passiert ist. Da gibt's ja wohl jede Menge Dokumentationen.

MARIA, 14 Dann finde ich aber, dass auch in der Gleichberechtigung noch vieles verbessert werden könnte. Da ist ja schon viel passiert, schon allein im Selbstbewusstsein der Mädchen. So leicht kann man uns heute nicht mehr unterbuttern. Manchmal finde ich es nur schlimm, wie der Herr M. mit uns umgeht. Herr M. ist ein Lehrer an unserer Schule. Wir sind ein Kurs und seine Klasse behandelt er eigentlich immer besser als unsere. Aber das hat mit Jungens – Mädchen nichts zu tun.

Lena, 13 Das finde ich nicht. Ich finde, der macht schon einen Unterschied, wie er Jungens und Mädchen behandelt.

Maria, 14 Stimmt. Der nimmt Jungen mehr dran.

Lena, 13 Es geht ja nicht ums Drannehmen, sondern wie der uns behandelt.

Sabrina, 13 Bei den Mädchen heißt es immer, sie schwätzen zu viel.

Maria, 14 Ja, und die Jungens machen zu viel Mist. Als der mit denen gesprochen hat, hat er die wirklich fertig gemacht, glaube ich. Jedenfalls hat der geschrien, und wenn der mal schreit! Bei Mädchen schreit er eigentlich nicht so.

Lena, 13 Aber wie der mit der I. umgegangen ist, fand ich total krass.

Frauen sind nicht dumm.

Maria, 14 Okay, das war schon blöd. Aber irgendwo stimmt das doch auch.

Sabrina, 13 Was hat er denn gesagt?

Maria, 14 Also er hat zu ihr gesagt: „Hier hängst du immer so rum und quatschst und zu Hause kriegst du kein Wort raus!"

Lena, 13 Stimmt schon, dass sie viel quatscht. Aber das kann man auch anders sagen. Ihre Eltern sind Marokkaner. I. wird schon wie eine Frau behandelt, sie wird auch geschlagen.

Sabrina, 13 Ihre kleine Schwester erpresst sie auch manchmal. Sie muss ein Kopftuch tragen, das macht sie aber nicht. Dann sagt die kleine Schwester: „Wenn du das und das nicht für mich tust, dann sage ich dem Vater, dass du kein Kopftuch trägst." Sie muss auch am meisten im Haushalt arbeiten. Ihre große Schwester, die schon arbeitet, aber früh zu Hause ist, muss nichts tun. Letztens hat I. auch zu ihr gesagt: „Warum machst du da nichts? Ich komme von

Waschen, bügeln, fegen,
die Staubflöckchen
unter den Möbeln
hervorkehren –
damit hält man zwar
den Tod auf,
kommt aber
nicht zum
Leben.

Simone de Beauvoir
(1906–1986),
französische
Schriftstellerin

Sie sind bloß die Dummen.

der Schule nach Hause, muss noch die ganze Hausarbeit machen und komme kaum dazu, Hausaufgaben zu machen." Da ist ihr Vater gekommen und hat ihr einfach eine geknallt. Sie darf auch nicht mit zum Schwimmen gehen. Sie wird voll unterdrückt. Dann will sie natürlich, was sie zu Hause nicht ausleben kann, in der Schule tun. Wo sie ein bisschen Freiheit hat: „Jetzt lass ich mir nicht auf der Nase rumtanzen, jetzt habe ich das letzte Wort!"

Lena, 13 Das ist die einzige Möglichkeit für sie, mal die andere Seite auszuleben.

Sabrina, 13 Klar, man muss da halt sehen, was man an ihrer Stelle machen würde. Gegen ihre Eltern kommt sie nicht an. Da denkt man ja auch: „Das sind meine Eltern!" Vielleicht sollte sie sich mal an ein Sorgentelefon wenden. Hier gibt es von der Kirche auch ein Mädchenheim. Da gibt es nur Mädchen, die von zu Hause abgehauen sind, vergewaltigt worden oder geschlagen worden sind.
Es gibt doch solche Einrichtungen, da sollte sie sich auch mal melden.

Maria, 14 Ja, die haben da in dem Heim sogar einen ganz guten Standard. Du kriegst Taschengeld und Geld für Klamotten.

Sabrina, 13 Das Heim wurde früher von Nonnen geleitet. Das sind drei Räume, mit Küche und Bad. Es gibt drei Mädchen, die sich kennen, die halt da wohnen. Unten drunter ist der Kindergarten und von da werden die auch so 'n bisschen mitversorgt. Ich finde das gut, dass so was auch in unserem kleinen Stadtteil durchgesetzt wird. Im Kleinen fängt's an und wird dann immer größer.

Maria, 14 Aber I. macht das doch nicht. Sie geht da doch nicht hin. Sie hat doch trotzdem zu Hause eine Familie. So schlimm es auch ist.

Lena, 13 Sie hat sicher auch Schiss vor den Konsequenzen, falls sie abhaut. Wenn sie dann zurück muss, kriegt sie bestimmt wieder einen drauf.

Sabrina, 13 Es gibt Mädchen, die werden von ihrer Familie total beschattet. Da ist ein Mädchen, ich glaube in der achten Klasse. Ihr Vater bringt sie immer zum Bus und zur Schule, damit sie nicht mit irgendwelchen Jungen rummacht. Die hat auch überhaupt keinen Anschluss. Die macht für irgendwelche Jungen aus der Klasse die Hausaufgaben, damit die in der Pause mit ihr rumgehen. Ich finde das arm für das Mädchen, aber auch dumm von den Jungen. Die könnten ja sagen: „Ich mag dich, auch wenn du nicht meine Hausaufgaben machst." Die nutzen das total aus. Da ist ein Mädchen, die hat einen Mann oder was das ist, der bringt sie immer zur Schule. Die muss auch immer ein Kopftuch tragen. Letztes Jahr war die noch total verrückt drauf. Sie hat wohl auch geraucht. Und jetzt wird sie völlig unter Druck gehalten.

Maria, 14 Ich finde, wenn man in einem anderen Land wohnt, sollte man sich auch der Kultur anpassen.

Sabrina, 13 Du kannst die doch nicht zwingen, deinen Gott anzubeten.

Maria, 14 Ich meine doch, dass man den Kindern schon erlauben sollte, ähnlich zu sein, wie die Jugendlichen in dem Land sind. Wenn die Mütter so sein wollen, okay. Wenn ich nach Marokko fahre, würde ich mich in der Kleidung ja auch anpassen. Da würde ich ja nicht rumlaufen, wie ich hier rumlaufe.

Lena, 13 Aber trotzdem ist das doch deren Privatleben. Und das müssen sie ja auch selber wissen.

Sabrina, 13 Die Väter zum Beispiel, wenn die schon glauben, die müssten in Allahs Glauben weiter Krieg machen, die sollten doch wenigstens ihren Kindern erlauben zu leben, wie sie wollen. Zum Beispiel die I. Sie durfte bis jetzt erst einmal auf eine Fete zu mir kommen. Da durfte sie aber auch nur mit langem Rock, langem Pulli und Kopftuch erscheinen. Wir haben ihr dann was anderes gegeben. Das ist doch auch ein bisschen heiß, wenn du mit Wollstrumpfhose rumtanzt.

Lena, 13 M's Vater wollte sie nach Hause fahren. Das durfte er aber nicht, weil er ein Mann ist. Er durfte nicht allein mit ihr im Auto sitzen. M. musste da mitfahren.

Sabrina, 13 Wir waren auch einmal bei ihr in der Nähe und wollten sie besuchen. Aber ihr Bruder hat gleich gemeint: „Was wollt ihr denn hier! Die I. ist nicht da!" Das war aber nur eine Ausrede, weil sie nicht besucht werden darf.

Lena, 13 Ihr Vater hat ihr auch gedroht: „Wenn du nicht hörst, dann schicke ich dich zurück nach Marokko!"

Maria, 14 Die haben ja auch Angst, dass ihr irgendwas passieren könnte. Es passiert ja auch viel. Wenn ich nur an die Drogen in der Schule denke ...

Die gefährlichsten
Herzkrankheiten
sind immer noch

Neid,

Hass,

Geiz.

Pearl S. Buck
(1892-1973),
amerikanische
Schriftstellerin

Wann hätten wir je miteinander geredet ...

Julia, 15 Ehrlichkeit ist für mich eine wichtige Charaktereigenschaft, Freundlichkeit, Sympathie. Wegen unserer Clique habe ich von mir selbst eigentlich nichts aufgegeben, um anerkannt zu sein. Höchstens, dass ich früher mein Temperament ziemlich gezügelt habe, dass ich mich da schon ein wenig angepasst habe. Aber sonst eigentlich nicht. Ich rauche auch schon 'ne ganze Zeit. Das fing damit an, dass ich mal irgendwo rumsaß und andere rauchten. Ja, und da habe ich eben auch angefangen. Aber heute rauche ich nicht mehr so viel, höchstens drei bis vier am Tag. Ich rauche auch keine Zigaretten, wenn ich Frust habe. Wichtig ist für mich, einfach etwas in der Hand zu halten. Obwohl ich auch kiffe. Aber ich habe mir vorgenommen, es nicht mehr während der Schulzeit zu tun, sondern nur am Wochenende. In der Schule kriegst du ja sonst nichts mit. Aber mir macht es einfach Spaß zu kiffen, diese ganze Stimmung. Es gibt ja Leute, die dabei einfach nur rumsitzen und nichts sagen. Aber wir müssen dann immer so lachen. Wir machen uns da echt 'nen Gag draus. Ich habe mich mal, als ich gerade was getrunken hatte, vor Lachen verschluckt. Dann habe ich alles ausgespuckt, wir haben uns alle angesehen und mussten noch mehr lachen. Das ist wirklich 'ne unheimlich gute Stimmung. Andere Sachen nehme ich nicht, Ecstasy oder so. Ich habe das nur bei Freunden mitgekriegt. Die haben völlig unterschiedlich reagiert. Einige sind halt vor Glücksgefühlen nur rumgerannt, andere haben nur Scheiße geredet. Einer hatte auch 'ne Überdosis, da wussten wir gar nicht, was wir machen sollten. Wir haben ihm dann Milch eingeflößt. Jeder reagiert halt anders drauf. Also, jetzt fühle ich mich noch zu jung, aber in ein bis zwei Jahren möchte ich das doch schon mal ausprobieren. Aber wie gesagt, auf keinen Fall während der Schulzeit. Schade ist es hier im Ort eigentlich, dass es lange nichts für Jugendliche gegeben hat. Okay, jetzt gibt es ja bald was, aber lange war es ja so, dass gebaut wird und gebaut wird. Aber es wird nichts für die Jugendlichen angeboten. Man möchte sich doch irgendwo treffen. Das Schlimmste aber ist, dass viele dafür gar kein Verständnis haben. Dann kommen immer solche Argumente wie: „Ach, geht doch in die Vereine!" Ich habe ja überhaupt nichts gegen die Vereine. Aber das ist doch etwas

Ich kümmere mich nicht darum, was über mich geschrieben wird – solange es nicht wahr ist.

Dorothy Parker (1893-1967), amerikanische Autorin

•••••••

ganz anderes. Wir brauchen einfach 'nen Raum, wo man sich treffen kann, quatschen und Musik hören kann. Wo man auch mal 'ne Fete feiern kann. In solchen Neubaugebieten gibt es überhaupt nichts für Jugendliche. Die werden überhaupt nicht mit eingeplant. Es gab aber mal vom Jugendamt, glaube ich, so 'n Mädchenwochenende. Da haben wir Streetdance gemacht, Kosmetik, Bodypainting und so. Wir haben uns in einen Raum gesetzt und uns unterhalten, das war richtig schön. So was könnten die ruhig öfters anbieten.

Wenn ich Frust habe, ziehe ich mich meistens in mein Zimmer zurück, mache Musik an, ziehe die Türklinke ab, damit keiner reinkommen kann, und schreibe in mein Tagebuch. Oder heulen, das hilft auch ganz schön. Oder auch einfach ganz laut schreien. Wenn ich totale Wut habe, knalle ich ganz laut die Tür zu. Dann ist schon mal ein bisschen Wut draußen. Ich stelle die Musik tierisch laut und dann einmal richtig laut schreien, ja, das hilft.

Ich selbst finde an mir gut, dass ich, glaube ich, ganz gut zuhören kann. Wenn andere mit mir reden wollen und Probleme haben. Und dass ich so gut malen kann. Aber ich male nur, wenn ich wirklich Lust drauf habe, wenn ich gut drauf bin. Ich könnte mir gut vorstellen, dass ich damit später mal was mache, zum Beispiel irgendetwas mit Kunst, handwerklich, oder als Restaurateurin, das würde mich interessieren.

Das Verhältnis zu meinen Eltern hat sich schon verändert, seit ich in der Pubertät bin. Ich habe ja noch einen jüngeren Bruder, und der hatte sich total abgekapselt, er war völlig verschlossen. Das lag auch daran, dass er gar kein richtiges Verhältnis mit seinem Vater hatte. Mein Vater arbeitet ja den ganzen Tag, und wenn er abends kommt, bin ich schon wieder weg. Ich meine, wir waren alle zusammen nicht mehr in der Lage, miteinander zu reden. Wann hätten wir uns je zusammen in der Küche an den Tisch gesetzt und miteinander geredet! Da wird man auch leicht verletzlich und verletzt. Wir sind zur Erziehungsberatung gegangen, und das ist eine echt gute Erfahrung. Das kann ich nur jedem empfehlen. Die sind es doch gewohnt, unheimlich viel zuzuhören. Sie sprechen die Eltern auch darauf an, wo Probleme liegen könnten. Das hilft unheimlich, wenn jemand dabei sitzt, der unvoreingenommen ist, den keiner von uns kennt. Die hören gut zu und nehmen dich ernst. Und dann wird nach vorne hin diskutiert. Die versuchen halt Lösungen zu finden. Ich finde das total gut von meinen Eltern, dass sie das mitmachen. Und es hat uns allen wirklich viel geholfen. Wir reden auch viel über Erziehung. Ich finde es auch gut, wenn Kinder freiheitlich erzogen werden, aber irgendwo müssen doch Grenzen gesetzt werden. Aber nicht so als Verbot, sondern dass das Kind auch die Möglichkeit hat, die Grenzen aus sich selber heraus zu finden.

Eltern sein ist die Kunst des Möglichen.

Katharine Whitehorn, britische Autorin und Essayistin

Mutterschaft ist eher eine Arbeitsplatzbeschreibung als eine Sache des Geschlechts.

Libby Purves, englische Publizistin

Das Glück kommt lautlos,
aber man hört, wenn es geht.

Ich will mal ein Kind aus Äthiopien adoptieren ...

Karin, 12 Was ich werden will, weiß ich noch nicht. Einmal habe ich in der Klasse gesagt, ich will Forscher werden, da haben sich alle gekringelt vor Lachen. Total bescheuert. Ich weiß überhaupt nicht, was daran witzig sein soll. Ich habe mich ungeheuer geärgert. Ich finde so Ausgrabungen einfach toll, echt spannend, da irgendwie rumzubuddeln, und dann findet man was von einem alten König oder von einem Pharao. Das ist fast so was wie 'ne Schatzsuche. Aber was ich echt werden will, weiß ich nicht. Meine Eltern sagen immer, ich soll was Sicheres suchen. Aber was ist sicher? An Lehrerin habe ich auch schon gedacht, aber wir sind zum Beispiel dreißig Kinder in der Klasse, ständig fällt 'ne Stunde aus. Und unsere Lehrer sind alle schon ziemlich alt. Aber es werden keine Neuen eingestellt, weil kein Geld da ist. Also, was ist sicher? Keine Ahnung.

Margret, 10 Was ich mal später machen will, weiß ich noch nicht genau. Jedenfalls will ich nie Kinder kriegen. Wenn ich mir vorstelle, eins könnte wie mein kleiner Bruder sein! Tödlich. Und dann musst du als Mutter ja auch Geduld haben und Vorbild sein und so. Ich möchte vielleicht heiraten, aber jedenfalls einen Beruf, der was mit Reisen zu tun hat. Ich bin unheimlich gern unterwegs. Wir waren schon in Kreta und an der Nordsee und in Frankreich und in Spanien. Schon ganz schön viel, nicht? Aber ich werde später auf jeden Fall immer fliegen. Die langen Fahrten sind ganz schön nervig.

Marie, 12 Ich möchte auf jeden Fall mal eine gute Ausbildung haben und dann einen Beruf haben, der mir Spaß macht. Ich bastel unheimlich gerne – oder vielleicht würde ich auch gerne in einem Reisebüro arbeiten. Ich möchte auf jeden Fall Kinder haben und will, dass ich die auch gut ernähren kann. Ich will heiraten, aber ich will mein eigenes Geld verdienen. Ich möchte schon Geld haben, damit wir den Kindern Wünsche erfüllen können. Heute habe ich das eigentlich auch. Ich bekomme viel, aber meine Eltern sagen auch nein, wenn es zu viel wird. Und das finde ich richtig. Das ist ja auch ganz schön, wenn man Träume hat.

Wenn ich später Kinder habe, würde ich ziemlich schnell wieder arbeiten gehen. Ich finde das unheimlich wichtig, dass die Kinder selbständig werden. Auch jetzt schon bei den Hausaufgaben. Man muss ja nicht bei jedem bisschen fragen, sondern kann sich ja auch mal selber was erarbeiten.

Sandra, 12 Ich finde das nicht gut, wenn Eltern den Kindern alles kaufen. Dann denken vielleicht viele, das geht immer so weiter, und später geht das dann nicht mehr so. Wenn man noch nicht gleich so 'n guten Beruf hat, muss man ja erst auf vieles verzichten. Vielleicht verpulvert man alles, weil man nicht gewohnt ist, mit Geld umzugehen, und dann steht man da, ohne Wohnung und so. Meine Mutter hat wieder angefangen zu arbeiten, als ich elf Jahre alt war. Das war eine ganz schöne Umstellung, weil meine Mutter mich früher von der Schule abgeholt hat. Und jetzt muss ich mit dem Zug fahren. Dann müssen wir uns mittags auch selber etwas zu essen machen, aber das klappt schon ganz gut. Ich finde das aber gut, dass sie wieder arbeiten geht, denn jetzt müssen wir auch öfters mal was im Haushalt machen. Das haben wir früher nie getan. Das ist zwar manchmal schon ätzend, aber irgendwie muss ich das ja auch mal lernen.

Das Leben ist eine Reise.
Je weniger Gepäck man
dabei hat,
desto mehr Eindrücke
kann man mitnehmen.

Hanna Schygulla, deutsche Schauspielerin

Kathi, 12 Ich finde das schlimm, wenn die Kinder immer an den Eltern hängen und sagen, Mama, krieg ich dies, Papa, krieg ich das. Irgendwo muss es ja Grenzen geben. Zum Beispiel hab ich da ein paar Schuhe gesehen, die völlig überflüssig sind, die mir einfach nur gut gefallen. Die waren halt gerade im Sonderangebot. Okay, dann habe ich sie mir halt gekauft, von meinem Geld. Ich kauf mir ziemlich oft Sachen selber. Finde ich aber völlig in Ordnung. Ich wünsche mir auch einen guten Beruf, zum Beispiel als Kranzbinderin, Blumenbinderin. Irgendetwas mit Natur oder mit Tieren. Oder Kindergärtnerin. Ich wünsche mir Kinder und will auch ein schwarzes Kind aus Äthiopien adoptieren. Ich finde schwarze Kinder total goldig, und da gibt es ja so viel Armut. Ich würde auch gerne einen Mann haben. Ich würde das dann so wie meine Mutter machen, Bankkauffrau werden, ein paar Jahre mit dem Mann weiterarbeiten, wegen dem Geld. Aber wenn ich dann mein erstes Kind habe, möchte ich schon zu Hause bleiben. Vielleicht dann halbtags arbeiten und wenn mein jüngstes Kind zehn Jahre alt ist oder so, dann will ich auch wieder ganztags arbeiten. Wenn ich dabei ein gutes Gewissen habe, weil die auch gut allein sein können. Dann kriegen wir auch ein bisschen mehr Geld. Ein gutes Haus und eine gute Versorgung möchte ich schon haben – und dazu gehört auch gutes Geld. Das ist doch nicht so, dass man für einen Pfennig ein gutes Haus kriegt, da braucht man schon ein paar mehr.

Sabine, 14 Ich möchte später vielleicht heiraten. Weiß ich aber noch nicht. Auf jeden Fall möchte ich etwas mit Tieren zu tun haben. Tierpflegerin vielleicht oder Tierärztin. Oder in einem Tierheim. Ich war mal in so einem Heim, wo Tiere aufgenommen wurden, die ausgesetzt wurden, die keiner mehr haben will. Da waren sogar welche, die gequält wurden. Ich konnte mir gar nicht vorstellen, dass es das alles gibt. Und ich finde, die brauchen echt unsere Hilfe. Die können sich doch nicht allein helfen. Meine Mutter sagt, dass die Helfer in dem Heim alle ehrenamtlich arbeiten, weil die das aus Tierfreundschaft machen und vom Staat für so was kein Geld da wäre. Also, wenn ich Tierärztin wäre, würde ich das Heim auch umsonst unterstützen.

Claudia, 12 Ich werde einen Beruf lernen, wo ich viel Geld verdiene und unabhängig bin. Damit ich nicht um was betteln muss. Vielleicht Zahnarzthelferin. Obwohl ich nicht so gut Blut sehen kann, aber vielleicht gibt sich das ja. Ich will auch was mit Menschen zu tun haben. Ich würde auch gerne Menschen helfen, aber dafür wird ja immer weniger bezahlt, ich meine so Pflegeberufe. Die Mutter von einer Freundin von mir ist Krankenschwester und die schimpft immer darüber, dass so wenig Geld für die Kranken da ist. Heiraten will ich auch, aber erst später, und Kinder möchte ich auch. Was ich anders machen würde bei der Erziehung als meine Eltern? Ich glaube, ich würde sie selber entscheiden lassen, wie sie sein wollen.

Je älter man wird, desto mehr ähnelt die Geburtstagstorte einem Fackelzug.

Katharine Hepburn,
amerikanische Schauspielerin

Nadine, 16 Irgendwie habe ich Angst davor, richtig erwachsen zu werden. Am liebsten würde ich noch sehr lange zur Schule gehen. Jetzt habe ich noch meine Eltern, obwohl ich oft schon alleine leben will, wegen meiner Unabhängigkeit. Aber dann bin ich ja auch für alles verantwortlich. Du meine Güte! Ich weiß noch gar nicht, was ich später mal machen soll. Vielleicht studier ich zuerst einmal. Ich interessiere mich für Grafik, da hätte ich schon Spaß dran. Zeichnen kann ich eigentlich sehr gut. Aber ob ich überhaupt eine Stelle kriege? Und heiraten möchte ich schon und Kinder kriegen. Aber ein Beruf wäre mir sehr wichtig. Vielleicht auch irgendetwas, was mit Reisen zu tun hat. Ich möchte gerne viele Länder und Menschen kennen lernen.

Anika, 18 Ich fange jetzt an zu studieren, Sozialpädagogik. Das ist schon ein Traumjob. Ich kenne halt ein paar interessante Frauen, die ich echt gut finde. Das sind alles witzigerweise Sozialpädagoginnen. Ich habe letztes Jahr in Südamerika Urlaub gemacht, und wenn ich mit diesen Ländern auch beruflich etwas zu tun haben könnte, das wäre schon optimal. Das würde mir Spaß machen. Wenn ich einen Freund hätte, würde ich auch nicht darauf verzichten. Ich würde ja nicht gleich Jahre dableiben, nur erst einmal so projektweise. Und wenn das was Festes ist, dann würde das schon halten. Ich habe da keine Probleme mit. Aber ich würde den Beruf nicht aufgeben. Das sage ich halt im Moment. Wie es später mal aussieht, weiß ich aber auch nicht. Wenn ich vor eine Entscheidung gestellt werden würde. Vielleicht lerne ich ja auch jemanden kennen, der das Gleiche macht.

Sylvie, 19 Ich fange jetzt an in Frankfurt zu studieren, Germanistik und Philosophie, vergleichende Sprachwissenschaft. Was ich mal genau machen werden, weiß ich noch nicht. Einfach von den Möglichkeiten her und wo man dann später eine Stelle bekommen kann. Ich fange jetzt erst einmal an, weil es mir Spaß macht. Ich will auch weg von hier, was Eigenes machen. Ich will ein neues Leben anfangen, noch lebe ich ja bei meinen Eltern. Ich will in eine andere Stadt, neue Leute kennen lernen.

Emanzipation ist, wenn ich alles bezahle und wir nicht verheiratet zusammenleben.

Eva Heller,
deutsche
Schriftstellerin

Politiker wirken auf mich immer so gestresst ...

Sandra, 12 Also, ich fand das unheimlich gut, wie die Diana sich immer engagiert hat, auch bei den Kindern, als sie in Kriegsgebieten war. Da war auch ein Kind, das hatte ein Bein verloren. Die hat sich ja unheimlich eingesetzt. Man sollte schon einiges über die Politik wissen, denn wir wählen ja später auch.

Kathi, 12 Ich finde Leute, die sich für Kranke einsetzen, die anderen helfen, unheimlich bewundernswert. Da gibt es auch Mädchen und Frauen in anderen Ländern, die sich dagegen wehren, aus allem verstoßen zu werden, so Schule und Beruf. Vielleicht denken die manchmal, das hat überhaupt keinen Sinn, wir werden überhaupt nicht anerkannt, aber hinterher steht doch irgendetwas in der Zeitung.

Marie, 12 Die Diana hat sich immer total gut für die kleinen Kinder eingesetzt. Sie hat die auch richtig angefasst, das fand ich so gut.

Auch die ganz kranken Kinder oder die AIDS-Kranken. Da hat sie gesagt: „Wer stirbt schon davon, wenn man jemanden berührt."
Dann mag ich die Astrid Lindgren unheimlich gut leiden. Ich habe viele Bücher von ihr und ich finde das wirklich gut, wie die das so schreibt.
Politiker wirken auf mich immer so gestresst. Politik interessiert mich eigentlich nicht so. Klar ist das wichtig.
Aber ich glaube, das kommt auch erst, wenn ich älter werde.

Thea, 14 Ich bin ja noch sehr jung wegen der Politik, aber ich bin unheimlich tierlieb. Das hat angefangen mit den ganzen Viehtransporten. Ich habe mal so eine Sendung darüber gesehen, wie die Tiere später mit verkrüppelten Beinen einen nur noch anglotzen. Wie die zum Schlachthof geprügelt werden. Ewig verfolgen mich diese glotzenden Kuhaugen. Seitdem kann ich kein Fleisch mehr essen. Sofort höre ich diese Kühe blöken. Die können sich doch gar nicht wehren. Das ist doch so brutal. Und da höre ich immer, wenn Politiker dazu was sagen. Aber mir kommen die immer so vor, wenn die da mit ihrem Schlips und Anzug vor dem Rednerpult stehen, als wäre das alles gar nicht echt, was sie da sagen. Das ist manchmal in den Nachrichten wie ein Kasperletheater. Und dann erregen die sich ganz furchtbar und schimpfen, aber das wirkt eben wie Theater. Die denken doch nur an ihren Job. Die haben doch gar keine echten Gefühle mehr. In die Politik würde ich nicht gehen. Ich würde eher in Bürgerinitiativen arbeiten. Gegen die Tiertransporte würde ich sogar Straßen besetzen. Ich wäre mal gespannt, was so ein Fahrer von so 'nem Tiertransport bei einem Interview sagen würde.

Gabriele, 15 Ich finde das ganz schlimm, was mit der Umwelt passiert. Wenn man das schon hört, Smogalarm hier, da Luftverpestung. Da würde ich als Bundeskanzlerin viel schärfere Kontrollen fordern. Die Politiker haben ja auch gut reden. Die sind ja auch schon alle ziemlich alt und müssen irgendwann sterben. Aber dann sind wir erst erwachsen, und dann müssen wir uns mit dem Mist rumschlagen, den die Politiker uns hinterlassen. Ich glaube einfach, dass es nur mit Verboten geht. Weil viele auch zu bequem sind, selbst etwas zu ändern.
Ich glaube einfach, dass viel zu viele Wälder abgeholzt werden, und die Tiere haben immer weniger Platz. Neulich waren in unserem Garten Rehe, drei Stück. Klar, der Waldrand ist ja nicht ganz so weit weg und vielleicht haben die sich ja einfach nur verlaufen. Aber es wird immer mehr gebaut und es gibt immer mehr Straßen und Brücken. Und die Rehe und Hirsche wollen sich doch auch mal richtig austoben und rumlaufen, und dann laufen sie auf die Autobahn

Niemand kann dich ohne dein Einverständ[nis] dazu bringe[n,] dich minderwert[ig] zu fühlen.

Eleanor Roose[velt]
(1884-1962),
amerikanische
Politikerin und
Präsidentengat[tin]

und werden totgefahren. Gut finde ich, dass es manchmal hohe Zäune bei den Autobahnen gibt, damit die Tiere nicht einfach über die Straße laufen können. Aber ich glaube, die sind nur für die Menschen gebaut, damit die nicht ihr Auto verbeulen, wenn ein Reh kommt.

Sabine, 14 Ideale in der Politik habe ich eigentlich keine. Wenn ich die da alle reden höre, kann ich mir kaum vorstellen, dass es denen echt um uns geht. Also, die Lady Di fand ich schon spitzenmäßig. Die hat einfach etwas für die Menschen getan, obwohl sie das gar nicht nötig hatte. Sie hat ihren Bekanntheitsgrad für die Armen und Kranken eingesetzt. Und die war ja echt in den Obdachlosenasylen oder bei den AIDS-Kranken und hat kranke Kinder in den Arm genommen. Ihr glaube ich einfach, weil sie so was ja nicht nötig gehabt hätte. Die hätte doch immer ein tolles Schickimicki-Leben haben können. Die hat zwar auch gut gelebt, aber das ist ja auch völlig in Ordnung. Was ich aber nicht so toll fand, ist, dass so wenig über Mutter Teresa gebracht wurde. Die hat ihr Leben lang für die Armen und Kranken gelebt. Über die hätte Elton John auch ein Lied schreiben können. Aber wahrscheinlich hat er das nicht getan, weil sie nicht so hübsch war und nicht so tolle Klamotten anhatte.
Was ich ändern würde, wär, dass viel mehr Frauen in der Politik wären. Ich glaube einfach, die haben zu Menschen ein anderes Verhältnis, weil sie selber Kinder gekriegt haben.

Kristina, 15 Wenn ich Bundeskanzlerin wäre, würde ich Jungens in einem bestimmten Alter als öffentliche Gefahr einfach verbieten.

Nadine, 16 Ich habe unheimlich Angst davor, dass ich später mal keine Arbeit kriege. Das sitzt schon ganz tief in mir drin. Manchmal träume ich schon davon: Ich laufe von Haus zu Haus und überall stehen schon Tausende von Menschen und warten. Die Politiker kommen mir manchmal so vor, als wäre es nur wichtig für sie, dass sie ihren dicken Hintern in ihren Mercedes hieven können. Die ahnen nicht im Entferntesten, wie es in mir aussieht. Ich rede da eigentlich normalerweise auch nicht drüber, aber es sitzt immer in mir. Auch, wenn ich durch Zufall in den Nachrichten etwas über Lehrstellen und Arbeitslosigkeit höre, spitze ich sofort meine Ohren. Meine Eltern wissen gar nicht, dass ich solche Ängste vor der Zukunft habe. Ich denke mir immer, was soll ich sie damit belasten. Die können ja sowieso nichts ändern.

Männer sind die geborenen Sucher.
Am liebsten suchen sie das Weite.

Ursula Herking, deutsche Kabarettistin

Vielleicht gibt es ja doch so was wie einen Himmel

Sabine, 14 Ich habe mal eine ganz alte Frau gesehen, die war ganz zierlich, hatte weiße Haare und trug ein ganz weißes, weiches Kleid, ich habe sie immer nur angeguckt. Das sah so toll aus. Ich bin ein Stückchen hinter ihr hergegangen. Und die lächelte immer ganz zufrieden. Die war für mich total schön, die Frau. So möchte ich auch mal werden, später. Ich kenne so wenig alte Menschen, die mit sich so zufrieden sind. Ich glaube, wenn es mehr solche Menschen gäbe, hätten viele nicht so eine Angst vor dem Altwerden.

Nadine, 16 Ich werde sehr lange warten, bis ich heirate, ich meine, ich werde nichts übereilen. Ich will auf jeden Fall mit meinem Mann zusammen alt werden. Dann macht das Älterwerden doch auch Spaß. Ich sehe das an meinen Eltern. Klar, so alt sind die noch nicht. Aber die sind ständig an irgendwelchen neuen Hobbys dran und unternehmen was. Manchmal auch alleine, aber das ist doch okay. Alleine in so 'nem Altersheim vor mich hin leben, oh, das könnte ich, glaube ich, nicht. Vor allem, wenn man gepflegt werden müsste. Aber das ist ja alles noch weit weg. Jedenfalls werde ich bestimmt nicht so ein trotteliges Muttchen. Es gibt so viele Menschen, die auch im Alter in der Welt rumreisen. Die Großeltern von meiner Freundin, die „überwintern" immer in Mallorca, das finde ich total cool. Und das ist überhaupt nicht teuer. Ich finde so einen verregneten Winter auch grauenhaft. Dann lieber ab in den Süden.

Elke, 12 Ich war fünf Jahre alt, als meine kleine Katze starb. Sie war noch ganz jung und ich hatte sie furchtbar lieb. Sie war von einem Auto überfahren worden. Ich habe immer nur geweint, und selbst meine Mutter konnte mich nicht trösten. Ich hatte eine kleine Kiste ganz mit weicher Watte ausgelegt und ihr Lieblingsspielzeug reingelegt, das war so eine kleine Zottelmaus. Da kam Weißpfötchen – so hatten wir unsere Katze genannt – hinein. Es gab mal so ein Buch mit Weißpfötchen. Danach hatte ich sie genannt. Dann haben wir Weißpfötchen begraben. Meine Freundin, meine Mutter und ich. Wir haben furchtbar geweint. Dann hat mir meine Mutter erzählt,

Weißpfötchen wäre jetzt im Katzenhimmel. Wenn die Nacht ganz klar wäre, könnte man an einer Stelle ganz viele Sterne blitzen sehen, das wären die Katzenaugen aus dem Katzenhimmel. Und wenn sie blinzelten, dann hieß das: „Mir geht es gaaaanz gut!"
Ich habe dann immer zum Himmel geguckt, und wenn ich Sterne gesehen habe, die blinzelten, dann ging es mir viel besser und ich konnte gut einschlafen. Schließlich gibt es da ja 'ne Menge Katzen, dachte ich mir. Da ist Weißpfötchen nicht so allein. Und es ist bestimmt auch ganz lustig im Katzenhimmel.
Neulich, als die Lady Di gestorben ist, habe ich auch ganz furchtbar geheult. Ich glaube, da war noch 'ne ganze Menge Trauer über Weißpfötchen dabei. Obwohl das schon Jahre her ist, aber so 'n Stück Trauer habe ich immer noch in mir.
Ich habe dann später eine neue Katze gekriegt: Schwarzpfötchen. Meine Freundin hat gesagt, sie hätte sich nie wieder ein Tier gekauft. Aber ich denke, passieren kann ja immer was, klar. Aber man hat ja

ehr Erfahrungen, mehr Freunde, mehr Falten.

auch ganz viel Freude mit dem Tier und Spaß. Und wenn es sich so an mich rankuschelt, das ist einfach toll. Schwarzpfötchen hätte nämlich sonst ins Tierheim gemusst und jetzt hat es jedenfalls ein paar anständige Jahre gehabt und ist immer noch quietschfidel. Und wenn man immer so leben würde, dass was passieren könnte, Mensch, da müsste man sich ja gleich in ein Loch verkriechen und nie mehr rauskommen.

Rita Mae Brown, amerikanische Schriftstellerin

Nadine, 16 Ich habe schon oft über das Leben nachgedacht, warum man überhaupt lebt. Und wenn ich ganz traurig bin, sehe ich auch keinen Sinn in alledem. Manchmal möchte ich auch gar nicht mehr leben, weil alles so schwer ist. Ich meine nicht die Schule oder so, sondern was alles auf mich zukommt. Ich weiß nicht, wie ich das alles tragen soll, mit der Zukunft. Was kommt, wenn ich von der Schule runter bin und von zu Hause weg. Aber das Gefühl kommt eigentlich nur sehr selten, wenn ich echt ganz unten bin. Und später finde ich, dass ich totalen Blödsinn zusammengesponnen habe. Ich freue mich ja auch darauf, selbständig zu sein.

Wie die Welt von morgen aussehen wird, hängt in großem Maß von der Einbildungskraft jener ab, die gerade jetzt lesen lernen.

Astrid Lindgren, schwedische Kinderbuchautorin

Margret, 10 Ich habe mir schon oft Gedanken gemacht, was passiert, wenn meine Mama plötzlich sterben würde. Ich glaube, ich könnte dann auch nicht mehr weiterleben. Die Mutter von meiner

Freundin ist nämlich vor einem Jahr gestorben, an einer ganz schlimmen Krankheit. Meine Freundin hat immer geweint und geweint und ist zu mir gekommen, und ich wusste auch nicht, wie ich ihr helfen sollte. Meine Mama war dann ganz lieb zu ihr. Und wir haben oft zusammen gekocht und gegessen und Schularbeiten gemacht. Und das hat sie dann doch sehr getröstet, ich meine, dass sie viele Freunde hat.

Katharina, 11 Über den Tod habe ich mir noch keine Gedanken gemacht. Sterben möchte ich nicht, obwohl ich sehr viel allein bin und mich keiner so richtig mag, weil ich so dick bin. Aber ich denke mal, das ist noch weit weg. Also, tot sein möchte ich noch nicht.

Sabine, 14 Ich habe durch Zufall mitbekommen, wie ein Schwein geschrien hat, als es geschlachtet werden sollte. Seitdem mag ich keine Wurst und kein Fleisch mehr essen. Immer höre ich dann wieder dieses Geschrei.

Kathi - Sandra - Marie

Kathi, 12 Ich habe zwei Kaninchen. Mein erstes Kaninchen ist irgendwann kurz vor den Ferien gestorben, da hat mich meine Mutter halt von der Schule befreit, ich hatte da nämlich total die Heulkrämpfe. Es war mein bester Freund. Wir haben so 'n kleines Gartenhäuschen, wo wir die reingesetzt haben. Ich bin dann, sogar wenn's geschneit hat, runter in das Häuschen gelaufen und habe ihn auf den Arm genommen. Bunny, so hieß das Kaninchen. Und hab dann gesagt: „Du bist der Einzige, der mich liebt." Wenn ich dann Streit mit meinen Eltern hatte, da war ich auch schon eine Stunde da unten. Ich bin erst langsam wieder hochgetrottet, wenn ich mich beruhigt habe. Und das Gleiche mach ich jetzt mit meinem Kaninchen, mit der Momo.
Ich gehe auch fast jeden Tag zu dem Grab von dem Kaninchen, das haben wir im Garten, und ich habe mich auch mit der Hopsi, das ist das

ehemalige Kaninchen von meiner Schwester, getröstet. Das ist kurz nach Bunny gestorben. Sie hat auch ein neues. Tiere können mich irgendwie verstehen. Sie kommen immer sofort zu mir gerannt. Ich will damit nicht angeben, das ist aber so.

Marie, 12 Ich kann mir überhaupt nicht vorstellen zu sterben. Ich denke mir, ich sterbe dann irgendwie, dann bin ich halt im Grab. Aber dann muss es doch noch weitergehen, das Leben. Ich kann mir irgendwie gar nicht vorstellen, die ganze Zeit unter der Erde zu sein.

Sandra, 12 Das merkst du doch gar nicht.

Marie, 12 Stimmt schon. Aber als ich auf die Welt kam, wusste ich ja auch nicht, wie es vorher ist. Deswegen stell ich mir das so irgendwie vor. Ich habe auch tierische Angst vor dem Tod. Wenn ich dann sterbe, dann sind alle traurig. Ich hoffe doch, dass manche traurig sind.

Tod, Steuern, Geburt – nichts davon kommt je zum richtigen Zeitpunkt.

Margaret Mitchell (1900–1949), amerikanische Schriftstellerin

Kathi, 12 Nee, wir freuen uns, jaaa, sie ist tot! Aber ehrlich jetzt, ich wär schon sehr traurig. Ich kann mir das gar nicht vorstellen.

Marie, 12 Ich habe gerade miterlebt, wie meine Tante gestorben ist. Da war ich auch total traurig. Ganz lange sogar, ich habe die nämlich so geliebt. So 'n Menschen zu verlieren, das finde ich schon schlimm.

Kathi, 12 Ich habe meinen Opa so mit vier Jahren verloren. Das ist das einzige Ereignis, an das ich mich erinnern kann, als ich noch vier war. Da habe ich tagelang geheult. Mein Opa war so ein guter Freund. Jedes Mal, wenn ich bei ihm war, da hat der sich total mit uns beschäftigt. Die Oma hat mit meinen Eltern geschwatzt, der hat sich höchstens mal für fünf Minuten dazu gesetzt. Dann hat er mit uns weitergespielt. Als ich dann auf der Beerdigung war, da hab ich auch total geweint. Mein anderer Opa, der stirbt jetzt vielleicht auch bald. Der muss jede zweite Woche ins Krankenhaus. Dann wird er wieder nach Hause geschickt, und so geht das hin und her. Die haben so einen Schatten an der Lunge festgestellt, ihm geht es überhaupt nicht gut. Ich glaube halt, dass er nicht mehr lange lebt. Da werde ich wahrscheinlich auch heulen. Meine Oma und mein Opa, die waren immer total nett zu mir. Zu meiner Schwester auch.
Das Sterben stell ich mir so vor: Das wird dann ungefähr eine Stunde dunkel und dann bin ich in einer anderen Welt oder so. Ich kann mir gar nicht vorstellen, tot zu sein, ich meine, dass alles zu Ende ist.

Sandra, 12 Ich kann mir nicht vorstellen, dass ich noch einmal, als anderer Mensch, geboren werde.

Marie, 12 Das müsstest du dann ja irgendwie wissen, aber das weißt du ja nicht.

Kathi, 12 Ich hab mal so 'n Film darüber gesehen, da ist ein Mann vor ein Auto gelaufen und war auf der Stelle tot. Und dann war er oben im Himmel, und da muss jeder 'ne Spritze kriegen, damit er wiedergeboren werden kann. Dann ist der zu 'ner Freundin gekommen, in eine Wohnung, wo er ausgezogen ist. Wo der früher gelebt hat. Das war total komisch. Der wusste dann noch, wo alles liegt. Dann hat er sich in seine Schwester verliebt und ist halt wiedergeboren worden. Der Film war schon komisch. Aber ich kann mir nicht vorstellen, dass das Leben – paff – zu Ende ist. Ich will wahrscheinlich auch nicht an irgendwelche Geräte angeschlossen werden. Oder dass man probiert, mich wiederzubeleben. Ich will lieber tot sein, als nur mit Qualen zu leben.

Sandra, 12 Wenn ich weiß, dass ich sterbe, dann würde ich mir so einen Organspende-Pass anlegen. Was soll ich mit meinem Körper, wenn ich tot bin. Ich glaube, ich will auch nicht verbrannt werden. Ich glaube, meine Oma ist verbrannt worden. Da gab es, glaube ich, eine Urne. Nee, das muss irgendwie nicht sein.

Marie, 12 Ich fand das auch bei der Beerdigung meiner Tante so schlimm. Ich habe total geweint, die hatte doch noch gerade ein Kind gekriegt. Das konnte gerade erst stehen und hatte noch so gelacht. Verstehen konnte es ja auch noch gar nichts. Alles war still und die hat so gelacht und hat dann da so reingeguckt, wo die Urne halt lag. Ich bin dann erst einmal weggegangen. Ich wollte allein sein. Meine Cousine hat das dann auch so empfunden und hat mich erst einmal getröstet.

Wenn die Liebe mit dir fertig ist, bleibt noch reichlich Leben übrig.

Colette (1873–1954), französische Kabarettistin, Tänzerin und Schriftstellerin

Kathi, 12 Das ist so schlimm, wenn jemand aus seiner Familie so stirbt. Man erlebt das so voll mit und hinterher hat man niemanden, der das so richtig verstehen kann. Meine Eltern verstehen das natürlich, aber die können nicht meine Gefühle nachvollziehen, weil die ja älter sind. Die haben dann ja andere Gefühle als ich. Okay, man ist dann bei den ganzen Leuten, die man vorher gekannt hat. Ich hoffe nicht, dass ich mal erschossen werde oder so was. Ich will normal sterben und nicht an Geräte angeschlossen werden. Wenn man dann so irgendwo liegt, in so einer halben Abstellkammer, und dann hat man diese ganzen Geräte um einen herumstehen, das ist doch ekelhaft.

Der Tod ist der Beginn der Unsterblichkeit.

Robespierre, Führer in der französischen Revolution

Sandra, 12 Wenn ich weiß, dass ich noch einmal aufwache, dann will ich nicht, dass diese Geräte abgeschaltet werden. Dann habe ich ja noch eine Hoffnung. Wenn ich mich nicht verabschieden kann, dann will ich nicht, dass diese Geräte einfach ausgeschaltet werden – und weg bin ich. Aber wenn überhaupt keine Hoffnung mehr da ist, nur das Herz pocht noch wegen der Maschinen, dann kann es meinetwegen ausgeschaltet werden.

Kathi, 12 Aber wenn keine Hoffnung da ist, will ich erst gar nicht, dass Geräte eingeschaltet werden. Dann ist es doch besser, dass die für einen anderen benutzt werden, der vielleicht noch zum Leben erweckt werden kann. Ich will das mit den Geräten eigentlich nicht. Aber ich muss mir das noch einmal überlegen, weil ich ja noch jung bin.

Olivia, 13 Das Schlimmste war, als mein Opa starb. Ich war neun Jahre alt und konnte das überhaupt nicht verstehen. Der war immer so lieb zu mir gewesen. Er hatte einen kleinen Schrebergarten mit einer Hütte. Das war da ganz gemütlich. Und Kekse hatte er auch immer in der Kommode. Ich mochte unheimlich gerne an ihm riechen, weil er Pfeife rauchte. Und ich habe dann später auch seine Schiebermütze gekriegt, weil die so schön nach ihm roch. Immer, wenn ich ganz traurig war, habe ich an der Mütze gerochen. Klingt irgendwie bescheuert, aber dann habe ich den Opa ganz nah bei mir gefühlt. Ich bewahre sie in einer Plastiktüte auf, damit der Geruch nicht verfliegt. In der Begräbnisanzeige stand: „Du lebst immer in unseren Herzen weiter." Aber das ist gar nicht so einfach zu verstehen. Ich war so verzweifelt und habe nur geweint, dass mein Opa nie wieder da wäre, nie wieder! Ich konnte ihn nie wieder anfassen oder mit ihm in den Zoo gehen. Das tut mir heute immer noch weh. Aber es ist schon toll, wenn ich daran denke, dass mein Opa mich auch ganz lieb hatte. Das ist ein irres Gefühl. Ich brauch das einfach. Das Gefühl, dass mich jemand lieb hat. Ganz egal, wie alt ich bin. Und wer weiß, was da oben los ist, denk ich mir. Vielleicht gibt es ja doch so was wie einen Himmel. Wenn ich mir überlege, wie wenig man vom Weltall weiß. Und dass alles unendlich ist. Da gibt es bestimmt noch 'ne Menge Dinge, von denen wir keine Ahnung haben.

Wenn wir eines Tages
den Wind, die Wogen,
die Gezeiten und die Schwerkraft
in den Griff bekommen haben ...,
werden wir auch die Energien
der Liebe nutzbar machen.
Dann wird der Mensch –
zum zweiten Mal in seiner Geschichte –
das Feuer entdeckt haben.

Teilhard de Chardin (1888–1955),
französischer Philosoph

BILDNACHWEIS

Jugendzentrum E-Werk, Bad Homburg 24, 26, 40, 35, 55, 69, 74, 76, 77, 85, 86, 87, 97, 100, 101, 127, 133, 137, 147, 152, 153
Lilith e.V. Mädchentreff, Pforzheim 28, 61, 107, 142
Mädchengruppe Bad Oeynhausen Cover, 12, 15, 19, 35, 51, 59, 67, 80, 92, 113, 119, 129
Mädchengruppe Trigon/Haltern 21, 22
Schloßbergzentrum, Pforzheim 45, 47, 48, 95, 117, 123

Elisabeth von Walderdorff

Genauso geht's mir auch!

Trost und Rat für gute und schlechte Zeiten

Viele Teenager, die *Sorgen* haben, wenden sich an den **Kummerkasten** einer Zeitschrift. Dieser Brief wird dann mit großem **Einfühlungsvermögen** beantwortet. Aus den zahlreichen **Zuschriften** und **Antwortschreiben** hat Elisabeth von Walderdorff hier einige für dich *ausgewählt* und, nach Themen geordnet, *zusammengestellt.*
Zu sehen, dass andere die gleichen *Herzensnöte* haben, kann oft schon sehr hilfreich sein. Die **Ratschläge** der Autorin aber geben noch ganz schön zusätzlichen *Rückenwind,* um sich – mit eigener Kraft oder auch fremder Hilfe – aus so mancher *misslichen* Lage wieder zu **befreien.**

128 Seiten

UEBERREUTER

Reina James Reinstein
& Mike Reinstein

Meine Sterne - deine Sterne

Der Astro-Ratgeber für Teens

Wer liest sie nicht – die **Horoskope** in den Zeitungen und Magazinen? Sie sagen dir, was dich in der nächsten Zukunft erwartet. Aber die Sterne können dir noch mehr über dich erzählen – viel mehr.

- Welche **Charaktermerkmale** sind typisch für dein Tierkreiszeichen und wie kommt es, dass zwei Leute mit demselben Sternzeichen oft grundverschieden sind?
- Welche **Farben, Tiere, Kleider** ... magst du am liebsten?
- Wie gut kommst du mit deiner **Familie** / deinen **Freunden** / deinen **Lehrern** aus?
- Von welchen Tierkreiszeichen fühlst du dich besonders **angezogen** – welche **passen** am besten zu dir?
- Welche **Unterrichtsfächer** liegen dir am meisten und in welcher Atmosphäre bringst du deine besten **Leistungen?**
- Welche **Hobbys** oder **Berufe** könnten dich interessieren?

Dieser **unterhaltsame** Astro-Ratgeber enthält **Psychotests,** um herauszufinden, ob du und deine Freunde **typische** Vertreter eures Tierkreiszeichens seid.

192 Seiten

UEBERREUTER